鬥魚系列原著

小雛菊

Daisy

洛心

十四歲的我，
乾淨得宛如一張白紙，
被戲稱為「小雛菊」。
這個名字一直跟著我，
直到他親手將它毀去……

小 Daisy 雛菊

Contents

推薦序

一顆心屬於一個人　在愛情裡什麼算公平

思念秧秧（矮子）

因為《鬥魚》我認識了《小雛菊》。

那年我還只是個對青春感到懵懂的國小生，每天都期待著八大電視臺首播的偶像劇《鬥魚》，直到有一天，我哥神祕兮兮地從書包裡拿出一本小說，得意洋洋地對著我說：「這本書就是《鬥魚》的原著喔！」

和電視劇不同，小說的觀點全在小雛菊身上，視角是如此純粹，卻深深撼動著我的小小世界，原來，白雪公主不一定要愛白馬王子，她可能會愛上騎士，也會為了愛情歷經傷痛苦楚。

李華成，成天打架鬧事惹事生非，天生長著一張帥氣逼人的臉，最吸引人的卻是骨子裡散發出來的叛逆，然後他用一種不容拒絕的姿態，進入小雛菊的世界裡，他很壞，唯獨把所有的溫柔都給她。

我總是在想，兩個完全不同世界的人究竟該相愛？

因為愛一個人，小雛菊犧牲自己的未來、純潔，和那個最初的自己。

她什麼都不要，只要李華成。

如果生命中有一道選擇題，那麼你會選擇愛你的，還是你愛的？

歐景易愛著小雛菊，可惜小雛菊只愛李華成，過去是李華成，未來也只有李華成。

然而，不管是以前還是現在的我，都喜歡歐景易勝過李華成，這或許就是所謂「男一是女主角的，男二是讀者的」吧！當李華成讓小雛菊傷心時，只有歐景易陪伴著她，直到故事的尾聲李華成遇到危險，也只有歐景易能保護她到最後一秒，在歐景易的身上，我深切地體會到愛真的可以不求回報，只要她好，我就好。

「時間如果倒退，我不會選擇走上這條路。但是，我依然會愛李華成。」

哪怕歐景易給小雛菊一百萬分的溫柔，也始終抵不過李華成落下的一滴眼淚。

愛情裡什麼算公平？

我想，愛情的存在本來就不公平。

很高興這部經典作品能夠再次出版，時隔多年，我已經不再是當年那個，捧著小說一把鼻涕、一把眼淚的小讀者。

曾經以為小雛菊就是傻到沒藥救的愛情笨蛋，愛上一個不應該愛的人，為他失去一切；親身經歷過被愛與失去之後，我才明白所謂的傻，不過是愛情裡的一種選擇，小雛菊只是選擇最勇敢方式去愛李華成。

把故事再看一次吧！你一定會跟我一樣，有很多不同的感觸。

思念秧秧（矮子）

二〇一八年七月

作者序

二〇〇三年底的時候，《小雛菊》第一次發行。記得那時候遠在加拿大的我，只能透過網路去假想書陳設在書店的模樣，被某人買走並且翻閱的樣子，如同我用想像去連結自己與家鄉。而隨著電視劇的改編，我獨自走在卡加利大學校園裡，都能聽見華人同學們街頭接耳：聽說那部電視劇原著的作者是我們學校的學生。

我從來沒有表明自己的身分，只有少數身邊的好友知道我寫小說這回事。不知道為什麼，那年我是如此羞澀於公開自己熱愛書寫。

走著走著，我與書寫越走越遠，忙於生活，忙於人生其他的我，很久不曾再動起寫故事的念頭——像頭失語獸，不能說不快樂，卻少了些什麼般生活著。

直到了二〇一五年的夏天。

如果說替我寫作之路鋪下第一塊成果的磚，是《小雛菊》，那麼，再替我寫作之路蓋起第一個橋墩的，依然是《小雛菊》。二〇一五年的夏天，幾間影視製作公司陸續找了我商談《小雛菊》影視改編授權，也因此我萌起了再次寫作的渴望。何其幸運，那個十六歲青澀年紀寫下的故事，二十歲出頭時拉了我一把，輾轉十幾年後，又再度解救了在文字沙漠裡的我。

從二〇一五年到二〇一八年，我慢慢回到了寫作，把自己從北國搬回來臺灣。雖然曾經的家鄉彷彿是異鄉，而他鄉現在卻成為了鄉愁，我卻很慶幸自己有這樣的機會，再一次從文字裡被生出來。

而再一次出生是痛苦的，如同寫作是漫長的耗盡。感謝這一路來持續當我一座座橋墩的讀者及合作夥伴，陪我探向那未知卻無法抗拒的未來。庭翡姊，給了我最大的鼓勵與支援，三年來不論我有沒有成績，在我偷偷放棄的時候，她沒有放棄我。感謝女人迷、時報出版的夥伴，讓我再生的文字有踏出的平臺，也謝謝尖端出版在這麼短的時間內作業並且全力支持《小雛菊》的再版。

我們因《小雛菊》展開對話，很幸運，這麼多年以後，因《小雛菊》再次相逢。

夢想從來就不簡單，如同愛其實很難。願我們都有小雛菊的純粹與勇氣，一步一步往終點邁去，即使路徑總是蜿蜒崎嶇。

洛心

二〇一八年　臺灣

小雛菊

第一章

小雛菊，一直是聖潔的代表。

我從小就在所謂資優班長大，不但資優，還是舞蹈班，班上三十位女同學全是經由智力測驗、舞蹈能力，從三百多位候選人中脫穎而出。

國小六年，就那樣和其他二十九位女同學一起長大，在我的生活圈，除了爸爸和老師，我沒有很大機會去接觸到男性；在我的國小生涯，男生是外來者。

國中，我放棄了舞蹈班，上了普通的男女混班。那種情形，很像鄉下女孩第一次到了城市，那麼的新奇，那麼的好奇。

第一次聽到髒話，是在電視上。

第一次看見有人說，是在國中的班上。

我只是睜大眼睛，一副不可思議的樣子。後來班上的同學愛叫我「小雛菊」，因為我什麼都不懂。不懂幫派，不懂規矩，不懂男女……我像一朵剛開的花兒，還不懂黑白，只覺得世界很稀奇。

小雛菊，代表著無邪，天真。

小雛菊一直跟著我，直到國二下學期那天……

下過雨的街，昏暗潮溼。

冬天的傍晚，不過五點多，就已經暗了下來，特別是下過雨，一切是那麼黑暗、邪惡……

在街燈照不到的小巷裡，五、六個人圍成一個圈，圈住了一個人，像匹困獸，他沒有掙扎，只是淡淡不語。每個人的手上握著球棒，為首的人吐了一口檳榔汁，「幹！你他媽的再跩啊，活得不耐煩，跑到我大仁來搶地盤？」檳榔汁紅紅膩膩的，滴到困獸的鞋上，他眉頭一皺。

「你他媽的耍酷？別以為妞多就跩，怎麼？檳榔汁嫌髒？」話一說完，又是一口，這一次不偏不倚吐上了他的臉。

他用一種極慢的速度抹掉了紅色的液體，雙眼爆出殺機，猛然一拳揮向吐檳榔的人。只聽見骨頭斷掉的聲音夾雜慘叫聲，紅色液體由嚼檳榔的男人嘴裡流出，只是這次不是檳榔，是血。

「老大！」

「老大！」跟隨的小混混看見大哥倒下，紛紛抽出傢伙大吼：「幹！打死他！」

球棒如雨般紛紛落下，落在他的身上。他的拳頭很硬，卻硬不過木製球棒；他一拳又解決了一個人，還來不及閃躲，其他四支陸續從他的頭、手、腰、背重重地落下。

這一仗，他是輸了。

補習，是我很討厭做的事，卻是每個國中生要做的事。

今天，還是一樣補習，從補習班回來，我卻看到了並不是每一天都會發生的事情。

群毆！

天啊！這種只聽同學說過的事情，我還沒有親眼目睹過。我躡手躡腳地往巷子裡頭看，除了乒乒乓乓的毆打聲，還可以聽見粗俗的叫罵聲。

很快地，我分辨出被打的其實只有一個，其他根本就是打人。

不滿的情緒很快在我心裡湧現，我拿出童軍課的哨子，也不知道哪來的勇氣，居然大聲地叫了出來：「警察來了！」然後，我使出全身力量用力地吹哨子。

也許是奏效了，打鬥聲變小了，我聽見有人不滿的咒罵聲和踏著水的跑步聲，過了一會兒，暗巷裡不再傳出聲音，我再一次探頭看。

沒人了。

我一步一步地走進暗巷，除了斑斑點點的血跡，我看不到任何東西。也許都跑了，正當我想離開時，一聲呻吟引起我的注意，順著聲音走過去，我倒抽一口氣，我看到了人，面目幾乎全非的人。

這輩子，我不會忘記那呻吟聲。

如果，我沒有走過去；或許如果他不出聲……

如果、那麼多的如果，卻還是改變不了事實。

我走向那個人，可以說，我救了他。

而他呢？

他親手摘掉了我身上的小雛菊。

教室外面擠了很多人，阿川、小溫和班上一些所謂的混混，都一臉哈巴狗樣地站在門外。

「他們在幹嘛？」我邊發作業，邊問小宣。

「高年級的成哥出院了，說要來我們班謝人。」小宣也很好奇地往窗口擠。

「誰是成哥？」

「高中部的帶頭啊！大哥耶！」

我沒什麼興趣，下一節國文考試，我得溫習。看著班上一半同學都擠到走廊去，我翻了個白眼，低頭看著我的參考書。

教室外面的吵雜聲突然靜了下來，我不禁也奇怪地抬頭。

只見門口站了一個穿高年級制服的人。我不知道他是誰，只看得出來他的臉還有點瘀青，手上還吊著石膏。

這麼蹩腳的角色也能當大哥？我有點不屑。

直到他筆直地朝我走過來，我才驚叫出聲，「是你！」

他是我三個月前救的人！被打得鼻子、眼睛皺在一起的醜八怪！

怎麼……怎麼今天看起來有點帥？

「小雛菊，我欠妳一條命！」說完，他抓下脖子上的項鍊，用殘廢的手霸道地將項鍊掛上了我的脖子。

我還來不及反應，還來不及說些什麼，高年級的教官火冒三丈地衝進了教室，「李華成！我警告你，再到國中部，我就讓你高一再被當。」

「教官，我是在報恩，您不是教我知恩圖報？」他輕蔑地一笑，看了我一眼，就像皇帝一樣地被一群人圍著走出了教室。

等他消失在走廊，班上的人才全部像發了瘋一樣圍著我。

「小雛菊！妳救了老大！」

「小雛菊！妳和大哥怎麼認識的。」

「小雛菊！看不出來喔，惦惦吃三碗公喔！」

左一句小雛菊，右一句小雛菊。我被叫得頭都昏了，除了掛在脖子上的銀鍊，我的視線再也容不下任何東西。

我並沒有忘記李華成，但是他也沒有再找過我。班上，依然用一種尊敬的眼光看我。甚至有人開始叫我「雛菊姊」。

又過了三個月，國中二年級似乎就要結束了。暑假來臨那天，就在我踏出校門那一剎那，一群人圍住我。我不禁一楞，什麼時候我也變成被圍毆的對象？

只見帶頭的人說：「小雛菊，老大要見妳。」制服上明明繡著我的名字，奈何這批瞎子只會雛菊、雛菊地叫。

「你老大是誰？」

「成哥！中正的帶頭！」他很驕傲地說著。

「沒興趣。」我一時忘了成哥是誰。或許，我應該早就把他忘記。

「小雛菊。」淡淡的聲音傳來，圍住我的人很快就讓開一條路。

看到來者何人時，我不禁訝異地睜大眼，「是你！」

「是我。」他臉上有嘲諷的笑容，「我載妳回去。」

我應該說不的，真的，我應該的。

可是我並沒有，我上了他的後座，讓他載著我回家。

人是回到家了，心呢？

心，被他載往另一個方向去。

第二章

我從小雛菊、變成雛菊姊，再來晉升為「嫂子」、「大嫂」。

我很懷疑地看著那些高二、高三的學生，怎麼會對著我這又瘦又矮的小蘿蔔頭嫂子來、嫂子去。尤其當這些人不是叼著菸，就是滿嘴髒話。

後來，我終於遲鈍地瞭解，我的「男人」是誰。

李華成。

我不懂，他不過每天會騎著那輛拆了消音器、裝上音響，再加根噴氣管的機車來載我上下課，怎麼突然我會變成他的馬子。

也許這不是什麼壞事，不過我卻得瞞著父母進行。我能瞭解，在他們心目中，李華成是個不良少年。他國中被當，卻神奇地考上高中。

高一被當一次，又神奇地升上高二。

算一算，他今年十八，卻還在高二的階段。

我呢？那年，不過才十四。不過是個國二生。

在父母眼中，他是個帶壞小孩、欺騙少女的大壞蛋。

在師長眼中，他是個頭疼的留級學生，三天一小過、五天一大過。只是，他卻都有辦法拗過去，到今年高二還沒被踢出學校大門。

在兄弟眼中，他是大哥，鐵錚錚的漢子，是勢力的代表。

在女生眼中，他是白馬王子。

而在我眼中呢？他不過是個偶爾會說髒話的調皮大孩子。

我討厭菸味，在我面前他不會抽菸；我討厭髒話，他會盡量少講；我討厭蹺課，他再怎麼痛苦都會風塵僕僕地帶我上課然後「睡」死在他班上。
我喜歡的，他會去做；我不喜歡的，他盡量不做——除了一樣。
他怎麼也不叫我名字，也是小雛菊、小雛菊地叫。
除了這點，他讓我沒什麼可以挑剔。

❁

「小、雛、菊——」聽到這種噁心巴拉的叫法，我也能知道後頭的人一定是李華成的最佳幫手——歐景易。
只有他，不會嫂子來、嫂子去，可是卻會把「小雛菊」那三個字叫得讓人雞皮疙瘩掉滿地。歐景易染了一頭金髮，也不管教官一天到晚喊著要剃他頭，他依舊一臉笑嘻嘻，一點也沒察覺自己有再一個小過就會被踢出學校的危險。

「歐學長，請你不要那樣叫我。」我放下掃把，冷冷地跟他說。
「小雛菊菊菊菊，我帶話來嘛。」
「歐學長，有話快說，說完請滾。」
「唉唷，人家是替老大帶話來嘛。成哥要妳下課在北側門等他。」
我可以感覺班上同學又豎起耳朵，「收到，請滾！」給他個白眼，我轉身進教室。
還可以聽見他嘀咕，「老大什麼女人不要，偏要這瘦不拉機、發育沒發完的小女生。」
發育不良？我瞄了一眼白色制服，耳根子稍微辣了起來。為了什麼，我卻不清楚。
下了課，我走到北校門，李華成從牆上翻下來，嘻皮笑臉地摸著我的短髮，把我拉進懷裡。我有些侷促，試圖掩蓋沒好氣地說：「幹嘛？」

「陪我去吃飯。」他又帶著那抹笑，勾著我的短髮。

「媽媽會罵。」我搖搖頭，像往常一樣拒絕。

「今天是我生日。」

「爸爸會罵。」他今年幾歲？這是我第一個問題。

「我去跟他們說。」說完，他真的拉起我要上機車。

「你瘋了！」我拉住他的衣角，不苟同地搖搖頭。至少我知道，父母看到李華成的話，家裡一定會鬧革命。

「陪我去吃飯。」有時候，他的脾氣硬得像頭牛。

「我回去問問看。」說完，我跨上他的機車，他滿意地發動了車子，離開學校。

我說了謊，十四年來，我第一次說謊。

我告訴爸媽，我要和朋友去逛街。

和誰？

班上的女同學。

早點回來。

好。

我不懂為什麼我要騙人，我並不覺得和李華成出去是多大的罪惡，可是潛意識裡，就是不敢說實話。換下制服，我穿了便服，出了門。

李華成在路口等我，他很少接近我家附近。

問他為什麼，他只說自己不是這區的人，不想給我惹麻煩。

上了他的車，我聽見後頭一陣陣機車追上來的聲音，回頭一看，是歐景易他們。十幾輛機車，跟在我們屁股後面。

他們比李華成停得更遠，至少隔了兩條街。

後來，我才知道，原來，我和他們是不一樣的世界的人……

❀

我沒到過壽山，不過現在看起來，高雄的確很美。

我可以看見很多燈，很多大廈。

風很大，好幾次我都覺得自己要被吹散了，但我卻覺得很快樂。因為這是第一次，我和朋友出遊。

李華成沒說話，走到我身邊，把外套披在我身上，「要回去了嗎？」他說話中有酒味，歐景易他們帶了一堆啤酒，我想李華成也喝了幾口。

我搖搖頭，「再多看一下下。」

他笑了，眼中帶著溫柔，「好，等一下。」我總覺得他抱著我的時候，不像大哥哥。至少，和我表哥抱我的感覺不一樣。哪裡不一樣，我說不上來。

「唷，大嫂，大哥生日，妳送什麼啊？」遠遠地，海虎打著酒嗝大聲地問著。

「獻吻、獻吻！」然後痞子林開始幫腔。

「獻身、獻身！」歐景易不知死活地加油添醋。

「他們很吵！」我把頭貼上李華成的胸口，悶悶地說著。

「來！」他牽著我，越過欄杆，抱著我滑下一個小山坡，站在一塊平地上面。

「小雛菊，坐下。」他一屁股躺下，拍拍身邊的空位。

「叫我的名字。」我嘟著嘴，卻也順從地坐到他身邊。

「小雛菊。」他帶著戲謔的口氣，低低叫了一聲。

「叫我名字！為什麼都不叫我名字。」

「小雛菊，我要妳當小雛菊，永遠那麼純潔可愛……」他低聲說著，不知道是對我說，還是對自己。

「算了！」說來說去還是這個原因。

「生氣？」他翻起身子，捱近我身邊。

「沒有！」才怪。

「今天我生日，妳不准生氣。」大手摸上我的臉，他霸道又帶著笑意地說著，「還有，妳還沒送我生日禮物。」

「我可以在身上紮個蝴蝶結，把自己送給你。」這句話，只是單純的好玩，沒有別的意思，真的沒有。不過，我想李華成絕不是這樣想。

「是嗎？」

我沒有蝴蝶結，所以我只好搖搖頭。想一想，他生日不送他禮物真的是不好。我身上也沒有任何能當禮物的東西，考慮了半天，我才說：「閉眼睛。」

他順從地閉上眼睛。

我一彎身，輕輕地在他臉頰上送了一吻。就像親我爸一樣，純粹撒嬌。我想，他對我的態度，不會比我爸差到哪裡去，是值得一吻的。

李華成猛然睜開眼睛，我還來不及反應，他反手一抓，把我抓進懷裡，我還來不及抗議他弄髒我的衣服。他彎下頭，貼上我的唇。

我只知道，我什麼都想不起來。全身像觸電，隨著他像雨般滴滴點點地戲弄著我的嘴。開口想喊，他的舌尖溜進了我的口，纏耍著我的舌，久久不放。甜甜、嫩嫩，感覺很好，我不想離開，卻又因為沒有氧氣而雙頰通紅。

直到我快要窒息，他才放開我，用他那雙黑不見底的雙眸盯著我，手指拂過我的脣，沉沉地說，「小雛菊，妳是我的，懂不懂？」

不懂。

我還沒來得及說出，他又貼上我的脣，再一次，我無力抵抗，只任由自己和他的雙脣吻著、戲著，喘息著。

我終於知道，李華成和我爸、我表哥不一樣。

因為，他們不會這樣吻我。

第三章

國三的壓力很大，我卻沒有什麼心思讀書。

歐景易則是一天到晚搶著我的考卷，然後大肆地嘲笑一番，笑到岔氣。直到李華成出現，他才很努力地去止住笑。

我發現我成績一直在掉，從全班前三名掉到十名。這次月考，我掉到第十五。我並不介意，反正，第幾名都一樣，高中上得去就好。

緊張的是我的老師，一天到晚喊著要去做家庭訪問。

另一個替我緊張的，很好笑，居然是自己自身難保的李華成。

「怎麼又考這樣？」他抓起我的考卷，不滿地說著。

「不然你教我！」

「妳知道我不會。」他把考卷塞給我，無所謂地說。

「那就不要念我，我被我爸念得煩死了！」

「我不是妳爸！」

「我知道。」又來了，他又不管這裡是學校公共花圃，光天化日之下吻住我，直到訓導主任氣急敗壞地從三樓丟了板擦下來：「李、華、成，你給我滾回高中部！」他輕易閃過板擦，一手護住我，一手往樓上比了個中指。

「我回去了，好好讀書。」他放開我，手扠著口袋準備回去他的教室。

「你呢？」我揚眉，反問他。

「我不念了，這學期完，我休學。」

等到他背影消失，我才回過神。

不念了？為什麼？

他不念完高中，爸媽怎麼可能會喜歡他？

他不念完高中怎麼上大學？怎麼找工作？

突然間，我覺得李華成離我的距離，又更遠了一些。

放學的時候，兩、三輛機車闖進了校園，聽到的卻是很讓我驚訝的叫罵聲：「叫小雛菊那賤人給我出來。」叫囂的是三信的女高中生，燙著短髮，一臉濃妝。

我的教室離玄關很近，坐在教室裡就可以聽到那叫罵聲。我起身，正想出去問她有何貴事，身邊的花車輪拉住我，對我搖搖頭。他是李華成底下的一個混混兒，平常對我也不錯。

「嫂子，別出去。」他一手攔住我，一手伸進書包抄傢伙，還順便跟小胖打了個眼神。

「為什麼？」這裡是學校，難不成她能吃了我？而且，我也沒得罪她。

「等成哥來。」

「不要。」我甩開他的手，大步走出去。

「妳是小雛菊？」兩、三個女的把我圍住，一臉凶神惡煞。

「妳這賤人！」說完，她火辣辣地就給了我一巴掌。

我痛得瞇起眼睛，不懂她為什麼打我，我根本沒見過她。正想詢問，打我的女生又噴著氣說，「妳她媽的犯賤，連我沈雅蓉的男人也敢搶!?」說完，她一手抓起我的短髮，大力一壓，把我摔在地上。

沈雅蓉？我更確定我沒聽過這名字，也不懂什麼時候搶了她的男人。

我一轉身，又爬起身來，我不喜歡別人對我動手動腳。

「妳幹嘛？」

「幹嘛？刮花妳這張賤臉！」她手一伸，五根長長的指甲往我臉上刮下來，我急忙一閃身，卻還是慢了一步。左臉頰一熱，血滴到了地上。

我看著地上的血，一個火大反手給她一拳，只聽到她慘叫一聲，居然跌倒在地上。我楞楞地看著她臉上銅板大的傷口，不知所以。

仔細看向我的手，才發現，李華成給我的戒指居然在滴血。

天啊！怎麼會這樣！

才一眨眼，其中一個女的扶起沈雅蓉，其他三個一個抓住我的手，一個又火辣地給了我一巴掌。

這一掌，打得更重，我一個踉蹌差點又跌倒。

只聽到遠遠有人大喊「小雛菊！」我轉頭一看，李華成邁著大步衝了過來，後頭跟著是歐景易、海虎和一堆平常混在李華成旁邊的人，只是現在他們的臉上沒了笑容，罩上了一層寒冰。

他扶住了我踉蹌的身子，摸上我的臉問：「有沒有怎樣？」其他的人卻把那幾個女的圍了起來。

「沒有，你去看看沈雅蓉，她傷得很重，我不小心打傷她了。」想到她臉上的傷，我不禁掉下眼淚。我真的不是故意打傷她的，是她自己先動手……

「妳這傻瓜！」他抱住我，吻掉我臉上的淚和血，回頭冷冷地對歐景易說，「手，我要她的手。」

這句話我不是很懂，可是我隱隱約約可以明白裡面的意思，我急忙抓住李華成，「你要她的手幹嘛？」

「妳別管。」他撕開一截衣服，替我抹去臉上的血。

我掙扎著，「不要，李華成，我不要你傷害她，讓她回去好不好，拜託！」

也許是我的話引起歐景易他們的注意，他們一臉不可思議地回頭看我，李華成看了我一眼，才回頭過去，「沈雅蓉，妳記住，小雛菊是我的人。傷了她，下次我要妳命。」

「聽到沒？滾！」歐景易勉強讓開一條路，讓沈雅蓉她們一群人顛顛簸簸地離開。

看著李華成沒感情的臉，我發現，他變得不像我以前認識的李華成了。

❋

「女兒，過來。」我一踏進門，老爸就坐在沙發上叫著我。

「幹嘛？」我低著頭，遮去臉上的紅腫，心裡暗叫不妙。

「學校打電話來，說妳和人打架！」

「我沒有！」

「妳最近是不是和一個混混走得很近？」

「他不是混混！」我被他不屑的口氣惹火，大聲地吼回去。

「我告訴妳，別以為國三我就不管妳。從今天開始，不准出門，上下學我載妳去。離那混混遠一點！不准見面知不知道？」老爸站起來，一臉嚴肅地說著。

「你沒有權利管我！」我大聲地頂回去。

「妳……妳這混帳！」啪的一聲，他給我一巴掌。

我楞在那邊，今天我被打得還不夠嗎？為什麼連爸也打我？我掉下眼淚，對著他還有從廚房走出來的媽大吼，「我討厭你們！討厭討厭討厭！」說完，我衝上樓，把自己鎖在房間裡，痛哭失聲。

李華成，李華成，我好想你！

你在哪裡？李華成！

那一晚，我終於知道李華成是誰。

他是我愛上的一個男人。不能愛，卻愛上的人。

第四章

我被禁足了。

除了學校，我哪裡也不能去。

李華成好像也知道我家的事，他沒有來找我，只託歐景易有空繞到國中部來看看我。

我也不能去找他，因為爸媽交代老師，下課不讓我去任何地方。

這樣過了三個禮拜，我只覺得我身上的每一個細胞都像死了一樣，靈魂像被抽去一般，剩下的不過是我的軀殼。

我哭、我鬧，在家裡拚命地砸東西、摔東西，他們卻絲毫不動心，只是把我看得更嚴，更寸步不離。

後來，我乾脆把自己反鎖在家裡。不去上學，也不出門。整天悶在黑暗的房間裡，流眼淚。眼淚流乾了，就只剩喘息，我發現，我根本已經快死了——快被思念折磨死了。

就這樣，睡醒哭，哭醒睡。不知道過了多久，多久。

那天晚上，我突然坐起身來，走到桌前，看著日曆。

我破涕而笑，露出一個多月以來的第一個笑容。因為我發現今天是我的生日。

十五歲的生日。

一股想見李華成的衝動猛然竄起，我覺得自己再也無法控制，整理好自己，在凌晨一點的時候，逃出了家門。

我真笨，一個月來就只知道哭，完全沒想到要逃。

招了輛計程車，我往一家李華成曾經帶我去的刺青店。

踏出刺青店已經凌晨兩點多了，我沒有頭緒地走著。

我想見他，卻不知道他在哪裡。

我不知道他家在哪裡，我發現我什麼都不知道。

兩輛呼嘯而過的機車在我身邊停住，車上的人走下來，「妹妹，要不要去玩？」

我抬起頭來，看著他們，「今晚飆車的地點在哪？」

他一楞，又露出痞子笑容，「中正路啊，剛開始沒多久，要不要去？我載妳！」

「好！」我二話不說地跨上他的車，我知道，李華成一定在哪裡。

倫哥，載我的人，其實人不錯，他邊騎車邊問，「妳要去找誰？沒人的話，就讓我載。」我知道他們尬車的時候習慣載個女生在後頭炫耀。

「今晚很多人嗎？」

「很多啊！火龍車隊跟青虎車隊今晚連起來飆，一、兩百輛有吧！妳找的人是哪隊的？」

我不知道李華成是在哪一隊，我沒聽他說過。只好搖搖頭。

很快地到了中正路，倫哥看了一眼手錶，「應該再五分鐘車隊就會到了，妳往路邊站點，免得被輾死！」他點根菸說著，「妳臉色怎麼那麼不好？不會掛了吧？」

我沒有注意他的話，只是眼睛盯著前方看，果然不久，一堆迷迷濛濛的車燈在遠方出現，接著是漸漸傳來的車聲。才一眨眼，幾十輛車就呼嘯而過。

那麼多，我去哪找他？

一咬牙，我衝到路中間，想看清楚每輛車子。

倫哥大叫一聲想把我拉回來，已經來不及。

叫罵聲、煞車聲，還有撞車的聲音，在我耳邊響起。

我只是張大眼睛想看李華成在哪裡，可是卻看不到，除了車燈我看不到任何東西。

突然，一輛機車急速在我前面煞車，車身一斜，壓著地面筆直地向我衝過來，在離我一公尺的地方硬生生地停住。只見滾了兩圈的騎士站了起來，摔掉手上的安全帽，氣沖沖地向我走過來，「幹！妳找死？他媽的擋在那——小雛菊？」等我閉起眼睛準備接收他那怒氣衝天的一拳，他突然叫出我的名字。

我睜眼一看，居然是歐景易，他摔得鼻青臉腫，整隻手都出了血，我顫抖地說，「對、對不起……」腳一軟，我跌坐下去。

歐景易連忙衝過來扶住我，一邊大叫，「call成哥，叫他掉頭，快快快！說小雛菊在這！」

他這一吼，旁邊幾臺打轉的機車都停下來，後面來勢洶洶的機車群也都停了下來，把中正路當成停車場。一下子，一輛輛機車停的停、轉圈的轉圈，「他、他們怎麼都停了？」

歐景易扶著我坐在柏油路上，「廢話，一半車隊是老大的，大家不停下來看妳不然要幹嘛？」

「他在……在哪？」我頭暈目眩，幾天的眼淚，把我全部的體力都搾乾了。

「老大的車子早就飆到前面不知道哪裡了，喂！小雛菊，妳別葛屁！妳死了，老大會把我們全砍了陪葬的！」他緊張地說著。

我閉上眼睛，只覺得好累。想到李華成就要來了，又勉強打開眼睛。

安靜的路上，突然又傳出呼呼的車聲，接下來一群人吵雜不清地說，「成哥來了！」

李華成來了！

我看那臺像失控的機車撞了過來，在機車還沒有全部停下來的時候，車上的人跳了下來，他一手丟了安全帽，帽下是李華成，只見他蒼白著臉，朝我衝過來。

他的臉好白，是不是病了？

我鬆開歐景易的手，也朝他奔了過去，只見他喊，「小雛菊！」

我使盡全力衝了過去，和他撲了個滿懷。他氣急敗壞地說，「妳到這來幹嘛？」

我努力的擠了一個笑容，「我……好想你！」這幾個字用盡了我全身的力氣，話說完，我全身一軟，眼前一黑，就這樣撲倒在李華成的懷裡。

我終於……回到了他的懷抱。

第五章

那天，我在李華成的懷裡睡著。

醒來的時候，只見房裡一片黑暗，我隱隱約約可以看到李華成坐在窗口，朝外面吐著煙。

我拉開棉被，他也回了頭，彈掉手上的菸，他走過來，一把抱起我坐上他的大腿，「好點沒？」

我只是點了點頭，把自己埋進他的胸膛，聽著他的心跳。只有他的心跳能讓我安心，讓我知道，我還活著。

「妳瘦了。」他抬起我的下巴看著我，淡淡地說著。

「都是為了你。」

只是一句話，卻包含了我所有的愛，李華成抱緊我，抿著嘴一言不語。過了好久，他才嘆氣，「妳這樣跑出來，妳爸媽會擔心的。」

「不會！他們根本不管我死活。」

「別任性，睡吧，明天我帶妳回去。」說著他放下我，想替我蓋被子。

「不要！我再也不要回去了。」我抓著他的衣服，大聲地喊著，「我討厭他們，討厭死了！」

「傻瓜，妳要是像我一樣沒了爸媽，就不會覺得他們討厭了。」我從來不知道他是孤兒。

「不管！他們不讓我見你，我討厭他們！」

黑暗中，我彷彿可以聽見他的嘆息聲，只見他喃喃地說著，「他們是為妳好，我不是好人，跟著我會受苦的。」

「在我心裡，你最好。」我抱住他，自己送上了雙唇，生澀地吻著他。

他雙手收緊，也低頭熱烈地回應著我，黑暗中，沒有半點聲息，就只有我和他的心跳聲、喘息聲。

過了好久，他才勉強把我推開，「睡吧。」說完，他起身離開了床畔。

「你為什麼不要我了？」我拉住他，開始無理取鬧地掉眼淚。

「不是不要，是不能。」他撇過頭，故意忽略掉我掛在臉上的淚珠，望著窗外無奈地說著。

我抿著脣，不發一語，他則是頭也不回地慢慢走出房間。

我看著他的背影，突然覺得，我不能讓他走，他是我的男人。我的！

我伸手把胸前的釦子一顆一顆解開，把整件上衣褪下，開口喊他，「李華成，你轉頭！」

他停下步伐，一轉身，猛然倒抽一口氣，生硬地問，「妳幹嘛？」

我下了床，往他的方向走去，邊走邊拉下我內衣的肩帶，「我幹嘛，你很清楚。」

他居然往門邊退，一臉死白，好像看到了怪物，指著我，結巴了起來，「妳、妳的胸口……」

我的胸口，刺著一朵潔白的雛菊，那是我到刺青店一針一針讓刺青仔幫我刺上胸口，還記得邊刺，他邊發牢騷：「成哥一定會砍死我。」

「我刺的，今天剛刺。」說完，我撲向他，把自己摔進了他的懷裡。

他顫抖地抱著我，「妳這笨蛋，學人刺什麼青……」

「你背上也有，我聽歐景易說的，讓我看……好不好？」說完，我伸手粗魯地把他的上衣脫了下來，瞪著他的胸口看，我看見的，不是刺青。是疤。一條一條的疤，像蜘蛛被打扁一樣地橫掛在他胸前。那是被開山刀砍出來的。

他推開我，喘著氣問，「妳知不知道妳到底在幹嘛？去把衣服穿起來！」他邊說邊大口的喘氣，彷彿遭受什麼極刑一樣痛苦。

我知道他為什麼喘氣，我是小雛菊，可是國中三年，男女之間的事，我不是全然不懂。至少，我就看得出來他喘氣的原因。

那是一種慾望，一種野性的慾望。

「我不要。我要你，你是我的男人，歐景易他們都那樣說，為什麼你不要我？」我再次撲上他，緊緊地抱住他，而他的手則是不停地抖。

「我一定會砍死他們。」他咬牙切齒，看著我低吼了一聲，粗暴地吻住我。手則解開了我內衣的釦子。

他脫掉了我的牛仔褲，把我抱上床，吻著我的臉，由臉一路往下滑，像雨珠般滑過我全身，他憐惜地吻著我胸口的菊花，「疼？」

我顫抖地回應著他，不讓自己呻吟出來，回答，「不疼了。」

他覆上我，把我困在雙手之間，貼著我的臉粗聲地喘氣，在我耳邊說，「小雛菊，妳是我的，懂不懂？」

我懂，我真的懂了。

我抱著他，指甲深深地抓住他的背，隨著他在我身上找到慰藉。

李華成，那一晚，深深地進入了我的生命。

真正地成為我生命中的第一個男人。

「妳死到哪裡去了？」一回家，父親的狂嘯聲就在客廳響起。

我不發一語地走上樓，迅速地整理了我需要的東西，揹著唯一的包包，走下樓。

「妳、妳這不肖女，有種出去就不要回來！」他憤怒地抓著我，搖著我，彷彿要把我搖碎般。

「我是不會再回來。」我冷冷地看著他。

「妳走，妳有種走，我會去告那個男的誘拐未成年少女，我看妳能走去哪。」

母親流著淚，把父親抓緊我肩頭的手掰開，父親則是像頭瘋了的野獸，想把我撕碎。

「你去告，我保證，回來的不會是我，會是一具屍體。」我推開他的手，頭也不回地往家門走去。

再見了、家。

我回頭，深深地向門一鞠躬。告別了。我的家，我十五年的家。我要出去追尋我的幸福，我所要的幸福。

我看著坐在機車上抽著菸的李華成，不禁嘴角上揚。

看！我的幸福，就在那，就是他！

「我愛上讓我奮不顧身的一個人，我以為這就是我所追求的世界……」小雛菊哼著。

「聽過這首歌嗎？」小雛菊那樣問我。

「聽過啊，孫燕姿的〈天黑黑〉，很好聽呢！」我眨著眼睛笑著說。

「那一年，我就是那種心情、這樣離家出走……」小雛菊捻掉手上的菸，眼睛沒有焦距地看著前方。

「後來呢？」我雙手打著鍵盤，問著。

「後來……」她恍惚地睜著眼，看不出一絲情緒，思緒飄回了她十五歲那年。

她和李華成私奔的那年，她找尋幸福的那年。

——〈小雛菊〉上，完

第六章

勉勉強強地把國中念完，我當然就沒有升學了。

李華成本來也老大不高興，硬要逼我重考聯考。

每次他一把那事拿出來說，我就賊賊地一笑，自己把衣服脫掉。

他只好吞回到了口中的話。

日子很快樂！真的，他很寵我，很溺愛我，我要的他都能給我。

而我要的並不多，只要他陪著我。

我從小雛菊變成了老大的女人。

現在，看到我的人都叫我雛菊姊；我從來不扁人，因為沒必要，我變成大姊頭。我手下有一批人，其實，我也不知道她們為什麼跟著我。那群女生，年紀有的比我大，有的比我小，脾氣卻都個個比我辣。

她們──是歐景易那群混混的女人。

李華成很不喜歡那些人跟東跟西地跟著我，說會把我教壞。

我笑他，把我帶壞的人是他。

李華成護我護得很緊，除非他有事，不然不會把我丟給他的手下。他總是跟在我左右，連讓我一個人在家都不肯。

後來，聽歐景易那群人在說，才知道，原來是怕我被李華成的對頭給綁了。

李華成沒有弱點，現在有了。

這是道上傳的話。

他的弱點是女人，那朵隨便一折就會碎了的雛菊。

那句話，我只聽過一次。歐景易他們就被李華成罵得狗血淋頭。

我問他什麼意思，他只說沒有。

跟著李華成這一年多裡，我並沒有受到太大影響，還是那朵雛菊。

變的，也許只是在男女方面的情慾。

有了第一次，他對我不會再像以前一樣，碰也不碰。

他現在幾乎是只要想，就做。

有時候，回到家裡，他連衣服都來不及脫，就會在客廳裡硬要我。

我並不反對，我只覺得很新鮮。
日子是這樣過的，我總以為幸福來了。
後來才知道，那只是開始……
黑暗的開始。

第七章

他翻過身，側著身子看著我，眼中還是一樣的溫柔，他看我的眼神從來沒有變過，永遠那樣柔，柔到能把我化掉。

長了繭的手，摸著我的背，像哄著出生嬰兒一樣的柔，一樣的輕。

「明天陪我去五厘寮。」他淡淡地說。

「去那做什麼？」我閉著眼睛，已經不想說話了。他有體力，我可沒那麼多精力。

「見龍哥。」

「誰？」他不曾跟我說過道上的事，也不准歐景易他們在我跟前嚼耳根子。

「我大哥。」

「你不就是大哥？」那群跟班不都是大哥、大哥地叫？

他低笑了一聲，揉揉我頭髮，「那是歐景易他們叫著玩的。大哥是別人。」

意識已經模糊，我不知道他在說什麼，只想睡。挪了挪身子，在他的胸膛找到溫暖的來源，我呼了一口氣，讓自己被睡意吞噬，不想再抗拒。

「洛心，妳說，愛情值多少？」小雛菊看著桌面，問著。

「愛情？」我盯著電腦螢幕，修著錯字，笑著說，「值很多啊，我立志要當言情小說家耶！愛情對我來說，是最重要的！」

「是嗎？」小雛菊的聲音總是那麼遠，那麼不帶感情。她抬頭看了我一眼，「我在妳這年紀，愛情是命。」

「現在呢？」我敲下鍵盤，看著她問著。

「現在？」小雛菊眼神空洞，彷彿我的問題是那麼困難、那麼難以回答。

什麼是黑暗？我現在知道，李華成的世界就是黑暗。

酒店裡的燈光很黑，到處都是菸酒味。沙發上，一個穿黑西裝的男人，身邊全部站滿人，男人。只有我，和那西裝男人旁邊的人是女人。

我不安地靠向李華成，除了他，我不認識別人。

歐景易他們全部都在門外，沒有進來。為什麼？我不懂。

「叫龍哥。」第一次，李華成沒有握住我的手。只由我像隻無頭蒼蠅，不知該往何處飛。

「龍哥。」我低著頭，叫著。

「華成，你們坐！」男人說話了。

李華成坐下，拉著我坐到他身邊。我只覺得十幾對眼睛都看著我，彷彿我是異類，彷彿我不屬於他們。

「不是自己人？」龍哥開口了。

「不是。」

我可以感覺到龍哥上上下下打量了我一陣子，「這麼嫩，你不怕在床上把她折斷？」話說完，他身邊那群男人哄堂大笑，笑得我不知所措，笑得我想跑。

我知道李華成身子僵了一下，我正想抬頭看他，龍哥身邊的女人開口了，「龍哥，你別欺負小妹妹。妹妹，妳幾歲？」她的聲音在我頭上響起，我不知道要說什麼，感覺到李華成搖了搖我的手，我才訥訥地開口，「十六。」

「華成，你誘拐你學妹啊？」龍哥又開口。

「喜歡上，沒辦法。」他終於開口了，口中的語氣還是那麼淡。

「不要惹多餘的麻煩就好。」龍哥口氣也很淡。

「不會。」

「妹妹，妳叫我蘭姊就好，妳叫什麼名字？」蘭姊又問。

「小雛菊。」我沒有回答，李華成回答的。

「你這孩子，脾氣硬得跟牛一樣，我是問你女朋友不是問你，幹嘛一副我會把她吃了一樣？」蘭姊笑了。

「華成，你二十了吧？」龍哥說著，「我打算把五厘寮交給你。」

「小雛菊，來，他們男人說話，我們去別的地方。」蘭姊站起來，伸出手拉著我。

我只是縮到一邊，望著李華成，他眼中閃過一點不忍，開口柔聲說，「妳跟蘭姊去，我和龍哥有事，等等找妳。」

我還是定在原地，我不習慣接近他以外的陌生人，尤其是這些一眼就可以把我看穿的人。龍哥眼裡露出不悅，李華成又推推我，耐心地說，「我很快就過去。」

我沒辦法，只好咬著下脣，滿腹委屈地跟著蘭姊走往另一間包廂。

在包廂門關上的一剎那，我聽到龍哥不悅地說，「那麼弱，會拖累你……」

我沒有聽到李華成的回答，門在我聽到回答前關上。

拖累？我會拖累他什麼？

我不懂。那時候我真的不懂。

「妳和華成怎麼認識的啊？」蘭姊拉著我到另一間廂房，裡面有三、四個年紀和我差不多的女孩。她們一看見蘭姊，就連忙問好。

「我、我曾經救過他。」那次他被打得七零八落，差點死在巷子裡的時候。

「喔，難怪那小子會喜歡妳。」蘭姊看了我一眼，「妳真的很可愛耶！」說完，她笑著捏了我的臉。

我有點不高興地撇開頭，對她們這群人，我沒有好感。

「妳很怕生對不對？」蘭姊也無所謂地笑了一笑，「我以前在妳這年紀，也是很討厭老女人那樣捏我。」

「我不是那個意思。」其實蘭姊看起來不老，我覺得她頂多三十。

「沒關係，妳不用怕，以後有事就找我。李華成如果欺負妳，也找我知不知道？那小子臉長得好看，要看好，別讓他跟人跑了。」

「李華成不會。」他是我的幸福，我也是他的幸福，他沒有必要跑。

蘭姊又一笑了，笑得語氣沉重：「年輕真好。」

我看蘭姊，她看起來很和藹，至少和龍哥、和其他男人不一樣，不會用那種看異類的眼神看我，「為什麼，你們不喜歡我？」我鼓起勇氣問著。

「不是不喜歡……」蘭姊嘆了一口氣，「只是妳太純，太容易受人欺負。」

「李華成會保護我……」為什麼他們都說我弱？弱又如何？有李華成，不是嗎？

「問題就出在，他花太多時間保護妳了……」蘭姊蹙了眉，「他現在是帶頭，一天到晚護著個女人，會出問題的……」

我不懂那句話的意思。什麼帶頭？李華成不是一年前就休學了？學校已經不是他在帶了啊！

他這一年，不過是偶爾到一些酒店、ＫＴＶ走走。也很少看他飆車了，他到底是什麼帶頭？

蘭姊看我不解，又笑了，「沒關係，我喜歡妳。妳就跟著我，我慢慢教妳。」

蘭姊的笑，讓我不安起來。

我需要學什麼？

李華成現在又是在做什麼？

忽然間，有點喘不過氣。我覺得，我似乎已經踏進某個漩渦，那麼深、那麼黑，那麼的無法回頭……

第八章

李華成在做什麼，我終於明白了。

他現在是五厘寮的扛霸子，手下一百多個，幫著龍哥管理他名下的KTV、卡拉OK和一些酒店。

我也知道為什麼他那麼擔心我，從他身上一直冒出來的新傷，我知道，他的生活三天兩頭就是動刀動槍。

有時候，我會哭著替他裹傷，他還是會揚起那嘲謔的笑容拉住我的手，小雛菊、小雛菊地叫，好像他身上被砍出來的傷是假的。

「還痛嗎？」我幫他重新上了紗布，輕輕問著。我發現，這幾個月，我學了一樣功夫，變得很會包紮。歐景易那群人偶爾也會哼哼唉唉地要我替他們裹傷。

他淡淡搖了搖頭，把我從地上拉起來，用左手摟著我的腰，「妳好香……」他嗅著我的脖子，戲謔地說著。

「你傷還沒好，規矩一點。」我把他拉開，板起臉說著。

「吻我。」他把我拉到他面前，看著我，眼神變得很深沉，很認真。

「你無聊。」我撇過頭，沒什麼好氣。

「小雛菊，吻我。」他又拉過我，雙手抱住我蠻橫地說。

「為什麼？」怎麼他今兒個有點反常。

「只有妳，才讓我知道我還活著……」他撥開我額前的頭髮，淡淡地說。

有股想流淚的感覺，我又何嘗不是？只有你，只有你李華成才讓我覺得我還活著，你，是我世界的重心。我拋棄了一切，就是為了你。我送上我的唇，認真地吻上他。讓他知道，我有多愛他，多需要他。

他用著他冰冷沒有溫度的雙唇，溫柔地回應著我。等到平復情緒，我離開他的吻，直視他的眼睛，說：「他們，不是很喜歡我。」

「沒關係，我喜歡妳，就夠了。」他舔了我一下，語氣暖暖的，讓人感動。

「我是不是……你的負擔？」我想起蘭姊的話，心裡有點酸，我只是照著我的感覺去愛他……單純想愛他罷了。

「亂說，妳不是。」他看我紅了眼眶，大手一攬，把我擁入了懷中。

「蘭姊，龍哥，連歐景易他們都說我太弱，會變成你的包袱。」跟了蘭姊三個多月，我漸漸知道她所謂「拖累」是什麼意思了。

他們怕，怕李華成會感情用事；怕李華成會放不下我而不敢往前衝；也怕，也怕那天有人會用我去威脅李華成。

「對，妳是我的包袱，唯一的包袱。」他壓緊我不讓我抬頭，「妳讓我知道，我絕對不能死，因為我還得扛妳。」他的語氣很平淡，淡得好像在說別人一樣，我卻知道，那是他用心說出來的話。

不是甜言蜜語，卻是真心話，比什麼都真的話。

一股熱氣沖了上來，沖上了我的眼眶。

「華成，以後你做事，多想想我好不好？我不想年紀輕輕就守寡。」我悶著聲音，又擔心又不滿地說。

他笑了，「傻瓜！」

我抱著他，感覺他的溫度，只有這樣，我才能確定，他還是真實的，這份幸福還活著。聽著他的心跳聲，我才能知道，這一切還沒消失，還在我手上。

「成哥，北場有人鬧事，范東那邊的人。」

聽完小王的傳話，他倏然站起，臉上的表情多了股戾氣，「上次不是警告過了？」我拉住他的手，他低頭看了我一眼，手上的拳頭放鬆了一點。

「景易，你陪小雛菊，彥明你帶幾個人跟我去。」

「我不要留在這，我會怕！」他又想把我丟下了，我再次拉住他的手不放，堅決地說著。

「小雛菊，不是去看戲啊，妳還是在這，別去打擾大哥。」歐景易反手拉住我，口氣不怎麼好。

「歐景易，我不是溫室的花，你們不要都把我當花！」我受不了他們用一種同情的眼光看我，李華成看了我一眼，還是堅持原來的話，「景易，留下來陪她，彥明，走。」他低頭吻了我的額頭，離開了包廂。

包廂裡，只剩下我和歐景易，我咬著下唇，曲著腳抱起頭。歐景易則是鎖上了門，靜靜地坐在我身邊。

「小雛菊，老大是愛妳，才不讓妳露臉。」過了十來分鐘，他才說話。

「為什麼我不能露臉？小娟、辣椒她們都能？」我抬頭，看著他，眼中總是不滿。

「老大在做什麼妳又不是不知道，辣椒她們能砍人，妳能嗎？」他點菸，「老大位子越扛越大，得罪的、眼紅的越來越多，別說別人了，連自己人都要防了。」他吐了一個煙圈，淡淡地說著，少了平常的嘻皮笑臉，「道上已經有話在傳，傳老大有個女人，弱得像朵花，手指頭一捏就碎。妳說，妳要是露了臉，給人抓了。老大會怎樣？」

他會怎樣？我不知道……歐景易很少有時間跟我獨處，也很少跟我說這些話，因為李華成總是不准。我聽了，心頭悶悶的，不知道該怎麼辦。

看了看手上的錶，李華成已經出去快半小時了，我開始擔心，我好想看他，「歐景易，我想去找李華成。」

他不滿地噓了一聲，「我剛剛跟妳說的話，你是聽不懂啊？」

我悠悠看了他一眼，「懂！就是懂我才要出去。你們都說我弱，我不是應該學？永遠把我關在籠子裡當金絲雀，不會有用的。我這包袱只會越來越重，」吐了一口氣，「我跟了他，就學你們的生活，不是嗎？」

歐景易呆了一下，搖搖頭，「我讓妳出去，老大會砍死我。」

我握緊手上的玻璃杯，「你不讓我出去，我叫強暴，你信不信？」

「妳……」他下巴掉下來。

「你想華成信我還是信你？」我瞥了瞥他，冷冷地說。

「算了，去就去。應該也解決了，不過妳可要跟在我身邊，別走太遠。」他嘆氣，站起身，抽出沙發後面的開山刀。

「我不是三歲。」脫掉了李華成的外套，我邁步往廂門走去，歐景易則是跟在我身後。

走出包廂，我往北區走去。每走一步，我就可以聽到心跳聲，酒店不大，從三樓到二樓北區，幾分鐘而已，我卻覺得一步比一步難走，一步比一步艱辛。走到北區的門前，我聽到裡面傳來的哀號聲。

歐景易皺眉，一手壓住門，「小雛菊，還是回去好了，裡面還很亂。」

我堅決地搖了搖頭，打掉他的手，倏然開了門。

門一開，我見到了一幕久久不能忘記的畫面；門一開，大廳裡面二十幾個人都回頭看我，而我，我看到一個不認識的李華成，手握鐵鍊，腳踩在一個跪倒在地上的人臉上，他也回頭看了我。

臉沾著血，雙眼帶著驚訝和怒氣。

猛然，歐景易伸手推了我一把，「小雛菊，小心！」迎面而來的是一只碎了的玻璃瓶，往我腦門砸來。

第九章

血從我額前緩緩地流下，一股痛楚，從腦門直傳我的心口。

「小雛菊，抓了她！」一個看起來不會比李華成大幾歲的人，喊了一聲，幾個人衝了過來。我還來不及反應，歐景易伸手一抓，把我抓到身後，開山刀一揮，血在我眼前散開。

「護嫂子！」彥明他們衝了過來，和圍住我、歐景易的人打了起來。

場面很混亂，我不知道誰是誰，也不知道敵或友，突然間，歐景易低哼了一聲，我看到他左臂有血汩汩流下，「歐景易！」我不顧我的傷口，按住他的手，他揮掉了我的手，「站到我後面去，別動！」彥明替他擋掉了人，他急忙退到牆邊，把我攔在身後。

又是一聲哀號，我看到李華成一手抓著椅子，狠狠地往剛剛開口喊抓我的人砸了下去，又拉起鐵鍊，捲上他的脖子，用力一勒，那人馬上青了臉，「范東，叫他們停手！」他口氣帶著殺機，冷冷地說。

「住……住、住手。」范東掙扎著，雙腳踢著地面，喘著氣。

兩路人馬停了手，范東的手下握著傢伙，眼睛冒火看著我們。

「誰砸她？」李華成沒有鬆掉手上的力道，冷眼全場一掃，看見我額頭的傷口，嘴裡帶著怒氣地問。

「誰、誰砸的？」范東掙扎著，口齒不清。

一個癟三小弟，訥訥地走出來，默認。

李華成鬆掉手上的鍊子，把范東踢給海虎，拿起身邊的椅子，一臉陰霾地向他走去。我看著他舉起手上的鐵椅，往他身上砸下去，一腳踢上他的臉，抽出開山刀，只見白光一閃，一聲哀號。

歐景易擋住了我的視線，我什麼都沒看見，卻知道李華成，剁了那個人的手。

他轉頭，拉起范東的衣領，「你滾，下次讓我看到你，我絕不管你以前是不是龍哥的乾兒子。」他一推，范東踉踉蹌蹌地跌了出去。范東的手下連忙拉起他，范東抹了抹脖子，突然冷笑，「李華成，你不要跩。你女人露面了，我看你還能包她多久。」在一群人的扶持下，范東離場了。

現場一片凌亂，桌子、椅子全翻了。血，則觸目驚心地散滿全場。

沒有人說話。我扯掉自己的外套，把歐景易手上長長的傷口包了起來，他則像回了魂一樣，慢慢地走到李華成前面，忍著痛開了口，「大哥，是我不……」

「是我，是我要歐景易帶我來的，你不要怪他。」我站在原地，開了口。我知道，李華成現在一定很憤怒，他生氣的時候，通常不會說話。

李華成默默看了歐景易一眼，要他坐下，然後走到我眼前，雙眼冒著火……啪的一聲，他狠狠甩了我一巴掌。

「大哥！」歐景易又驚又慚愧地站了起來，其他的兄弟也都驚訝地看著李華成，卻不敢開口。

「妳知不知道妳在幹嘛？」他大吼，我則是睜著眼睛，臉上的火辣讓我不知道該說什麼，腦裡一片空白，只覺得心好痛，「妳知不知道，歐景易可能會因為那一刀躺在醫院？妳為什麼不聽話？為什麼？為什麼？為、什、麼？」他憤怒地狂哮著，連續問了四次為什麼，最後那句根本是用吼的。

「大哥！嫂子身上有傷！你下手輕一點！」海虎一個箭步攔在我身前，拉住李華成緊捏住我肩膀的手，勸著。

李華成眼中閃過歉意，放開了我。少了他的手，我全身一軟，頭上、臉上、心上的痛，讓我不支倒地，我跪坐在地上，眼淚掉了下來。

李華成低喊一聲，連忙伸手拉住我，我甩開他的手，「對、對、不起……」

然後我踉蹌地站起身，咬著牙，衝出了門口。彥明一手想攔住我，被我閃開了，我狂奔，奔下樓梯，奔出酒店門口。

對不起，對不起……

邊跑，我在心裡嘶吼著。

而究竟是對不起誰，我已經無法理清。

「小雛菊，要不要玩一把？」蘭姊叼著菸，手摸著麻將，笑著跟我說。

「我不會。」而且也不想，倒了杯水給蘭姊，我站在旁邊。

「妳喔！還要跟華成鬧多久？他三天兩頭來我家，快煩死我了。」趁著牌友還沒有來，蘭姊拉住我，問著。

「我沒有鬧，只是不想拖累他。」我到蘭姊家來已經快一個月了，那天我帶著傷，顛簸地衝出酒店門口，差點被計程車撞上，幸好蘭姊剛好路過，把我帶了回去。我就住了下來，我怕，我怕再看到李華成那張憤怒的臉，怕他又揮手打我。

「怕拖累他不是躲他，妳要學會變強一點，像我一樣。」蘭姊挑了挑柳眉，說著。

「我學不會，第一次想學，又給歐景易惹了麻煩。」那條觸目驚心的血痕，我還沒忘。

「是華成太急了。沒關係，妳就跟著我，會懂的。」她看了看錶，「怪了，怎麼三個都遲到？」

「蘭姊，歐景易跟我說，華成不但要防外人，連自己人也要防，什麼意思？」

「就說妳純！華成才二十，就爬到今天這個位子，當然有人不服他了。像范東那扶不起的阿斗就是一個例子，要不是看在他是龍哥的乾兒子，我也想給他幾巴掌。」她喝了一口水，「所以我說妳要變強，不能靠李華成還是歐景易那些人護妳，誰知道，哪天一個造反，把妳綁去了也說不定。」

「歐景易不會。」

「阿易那小子是不會，別人呢……」突然，蘭姊不說話，我正想開口問她怎麼了，她比了比嘴唇要我噤聲，然後站起來輕輕地走到門口。

看著她的樣子，我閉上嘴，仔細看著門口，沒有看到人，卻聽到聲音，男人的聲音、很多男人的聲音……

「糟了！」蘭姊低叫一聲，拉著我進廁所，把放在儲藏室的兩把水果刀拿出來。

「做什麼？」我接過水果刀，顫抖地問。

「我忘了這裡是宋貴的地盤，要死！」她扣上外套釦子，「小雛菊，沒砍過人吧？」我搖了搖頭，看著蘭姊，她突然無奈一笑，「我以前也沒有，跟了龍哥就學會了，因為我不想做包袱。」

包袱？蘭姊以前也是包袱？我看著她纖嫩的手和幾絲皺紋的眼角，她的臉突然有一點滄桑。

「走，記住，見人就砍！妳想活，就得狠！」她拉著我，我顫抖地搖搖頭，定在原地，不敢動。蘭姊又開口，「妳不走，妳知道會有什麼後果？」

我還是搖頭。

「你是李華成的女人，我是龍哥的女人，被抓到，最好的結果是被輪姦，最壞……會要了華成和龍哥的命。」她口氣好淡，淡得好像這都不是一回事。

會要了李華成的命？

我不要，我不要做包袱。

「為了妳的男人，拚命吧。」說完，她打開門衝了出去，果然門外已經有人了，蘭姊罵了一聲，劈頭狠狠地就是一刀，尖叫聲，一人倒下——

我們拚命地往門口跑，突然一人攔了出來，抓住我的衣領，我開口叫，只聽到蘭姊喊了一聲，「為了李華成！」她也被一個人拎住。

為了李華成、為了李華成！

我閉著眼睛，回頭舉起手上的利器。

刀落。

血，沾滿了我的手。

抓住我的人，叫了一聲，放開手。他大概沒想到，小雛菊，也沾血。

我衝到蘭姊身邊，推開她，抓住蘭姊的人拿著打破的酒瓶砸了下來，我只覺得背上一陣刺痛，差點昏過去。

蘭姊扯開了那個人，拉起我沒命地跑。我的意識早就模糊了，支持我逃開的是那句在我耳邊環繞的，「為了李華成……」

「為、了、李、華、成——」

第十章

蘭姊逃開了。

我並沒有。

我昏了過去，發生什麼事，我全忘了。

我記得，醒來的時候，我身上不是我的衣服，是歐景易的。而在他的衣服下，我是赤裸的。

他抱著我，眼睛帶著淚，一聲又一聲地跟我說對不起。

我只覺得下腹劇痛，背也抽痛著。

「小雛菊，對不起，我來遲了。」他哭了，歐景易跪倒在我身邊，抱著頭大哭。他身上也是傷痕累累。

「歐景易，李華成呢？」我勉強坐起來，拉緊身上的衣服，無力地說著。

「成哥帶另一批人去找妳。」他們分成三批人，整個高雄地找。

「歐景易，帶、帶我回去，不要、不要跟華成說……」話到此，我淚掉了下來。站了起來，忍著痛，我一步一步走向門口，門外站的是歐景易的手下。他們全部一臉憤怒、又不敢說話……

「我是不是你們嫂子？」我看了他們一眼，淡淡地說。

他們全部點頭，一下又一下，堅決、肯定。

「好，今天的事，除了我們，沒有別人知道。」我不想再……拖累李華成了。

「嫂子……」他們開口，敢怒不敢言。

「答應我。」

他們含著淚，點點頭。

誰說，黑暗裡沒有光芒？這些人的義氣，就是光芒——

「歐景易，帶我回去吧，我好累了……」話說完，我身子倒了下去，再一次意識模糊。

「雛菊姊，外面有人砸場子，」辣椒走到我前面，一臉不安，「成哥不在……」

「不用找了，叫小四那邊人過來，我去看看。」我站起身子，甩了甩捲燙的長髮，拉了拉上衣的細肩帶，撫平了黑色的皮褲，帶著小辣椒往樓下走。

耳上的銀環、十二個耳洞，清脆地響著。

腳上的細跟涼鞋，踏著樓梯，傳出一陣陣清亮的腳步聲。

那一年，我十八歲，是李華成的女人，他的女人。
不再是包袱、不再是用手一折即斷的柔弱雛菊。

「等一等！」打到這，我揮了揮手，要小雛菊停下來。
「嗯……」她再度抽了一口菸，淡淡地回應。
「妳抽菸，也是那個時候的事嗎？」我看著菸灰缸裡躺著十來支菸蒂，小雛菊的菸癮很大，抽得也很快。
她搖了搖頭，「不是……他從來不讓我抽。」她看了一眼菸，眼神裡流露出傷心。
「他自己不是也抽，怎麼不讓妳抽？」儲存，打開新的檔案。

「男人都這樣，他們做的事，不一定讓妳做。」猛然，她吸了一口菸，然後吐出了個煙圈，「他們抽菸，會不讓妳抽，」她再度吸菸，「他們能出軌，卻不讓妳出軌……」她的話，很遠，讓人感覺不出存在。

「出軌？」我停下了手上的動作，有點訝異地看著小雛菊。他們倆總是那麼近，那麼需要對方，仰賴著對方的氣息而活……怎麼會出軌？我看著她，想從她無神的雙眼裡找出答案，但是除了空洞，我看不到其他。

我從浴室走出來，李華成坐在床上吐著煙，看著我。

「今天比較早回來？」我脫掉浴巾，背對著他，找起我的衣服。

他走到我身邊，手摸上了我的背，我轉頭對上了他明亮的眼睛，「不要摸，醜死了。」我背上有疤，一條一條的疤，也忘了到底是什麼時候留下來的。回頭，套上他掛在椅子上的襯衫。

他雙手把我一圍，把頭埋在我頸間，淡淡地說，「還疼嗎？」

有一剎那，我眼淚差點掉下來，不過，歲月早就磨乾了眼淚。我還是緩緩地回頭，笑著看他，「還不都是為了你。」

他眼神黯然，看著我。摸著我的捲髮，又問，「還是不懂，為什麼燙頭髮？」

我沒有說話，我自己也是不懂，為什麼燙了頭髮。

「別問了，我還是你的雛菊，喏，這玩意兒永遠洗不掉的。」我拉開襯衫，藉著燈光，可以看到我左胸上那朵潔白的雛菊。我十四歲那年刺上去的菊兒。

他看著那朵菊花，眼中閃過不易察覺的痛苦神色，吻上了我。

那一吻，很淡，和以往都不同。

那一吻，有點變質。像一個沒有了愛的吻，帶著抱歉的吻。

我們變得常吵架，他也不再像以前那樣，寸步不離地跟著我。

我自嘲，那是因為我長大了，不用他保護了……

今天，也跟以往一樣，他摔了杯子，拿起外套，踏出家門。

我沒有說什麼，只是靜靜地看他離開。不是第一次了，也不會是最後一次，關了燈，我上了床。再一次躺在這張只有我的床上。我知道他今天晚上不會回來了。

他去哪，我不想知道，也不敢知道。

流言，早已滿天飛，我並不是沒有聽過，我只是不想求證，我只是很累罷了，只想好好睡一覺。

閉上眼那一瞬間，腦中想起了四年前，我也是在這張床上把自己給了他。

記得那年，我在巷子裡發現他，他被打得跟豬頭一樣；記得那年他帶著嘲謔的笑，把脖子上的項鍊給了我。記得那年，我在飆車場找到他；也記得那一年，我離了家和他私奔，尋找我的幸福，尋找我要的幸福。

沒有溫度的房間，月光從窗前灑了進來，眼淚從我眼角滑下。

只有妳——讓我有活著的感覺。

我閉著眼睛，腦中浮起李華成的話。

是嗎？

我問，卻沒有答案。

「雛菊姊……外面兩個瘋丫頭吵著要見妳，趕都趕不走……」辣椒探了探頭，半掩著門，小聲地問我。

「誰？」我懶懶地眨了眨睫毛，淡淡地問。

「她們、她們說是，說是……」小辣椒結巴著，不敢說。

「說什麼？」我睜開眼睛，不在意地問。

「她們說是，其中一個……女生說是成哥的……的……女朋友……」小辣椒用很小的聲音，抖著說。

我睜開眼睛，看了看她。嘴角揚上了殘酷的笑容。

好啊，我這正牌夫人沒去興師問罪，她倒找上門了？

難不成，她要來控訴我第三者？

我笑了，冷冷地笑著。

站了起來，我轉身，看著鏡子裡的人。紅捲的頭髮，銀色的小可愛，紅色的皮褲，上翹的眼睫毛，鮮紅的雙唇。

「讓她們進來。」我想看看，想看看是什麼，能迷住李華成——我可以聽見自己的心跳聲；門打開那一剎那，我轉過身，腦海裡已經出現最殘酷、最不堪入耳的話——

帶著笑，我轉過身。

在看見進門的人時，我的笑狠狠地、冷冷地，僵在我臉上。

第十一章

那一瞬間，我以為，我看到了自己。

五年前的自己。

進來的兩位女孩，我不用問，就能知道哪一位是主角。

她留著短短的頭髮，不施脂粉，有著天然的清秀。

瘦小的身子，睜著大大的眼睛，沒有畏懼地看著我。

我握緊拳頭，在心裡狂喊，那不是我嗎？那、不、是、我、嗎？

那不是五年前那朵柔弱、清純，不受汙染的小雛菊嗎？

我努力壓制胸口劇烈的起伏，扯了一個笑，「名字？」

「莫莉。」女孩開口，聲調柔柔的。

「找我？」我恢復了平靜，看著她說著。

「成哥，這一年都來找我，只要妳和他吵架，那天晚上他就是在我家。」她笑了。

我也笑了。不一樣，她和我不一樣，也許是年代變了。以前的我，不會這麼咄咄逼人，這麼囂張。

「妳怎麼知道他跟我吵架？」我淡淡地問著。

「因為他臉色都很不好。」

一旁的小辣椒開口了，「妳好不要臉，妳當妳是誰？妳不過是成哥的玩具，他碰不到嫂子時拿妳發洩的玩具！」辣椒很衝，我知道，她是想替我出頭。

看著莫莉的臉變了色，我揮了揮手，要辣椒住嘴，「妳愛他？」

「很愛。」她揚著下巴，驕傲地說。

「我也很愛，而且絕對比妳愛得多。」我淡淡地說，心裡的痛，無法形容，「就是因為愛，我才對妳的事默默不問，妳當我真聾了？還需要妳來提醒我？」

她不說話，悶哼一聲。

「妳來找我做什麼？我沒有阻擋過你們，為什麼來找我？」看著莫莉倔強的臉，我似乎明白了，「還是，妳對大嫂這個位子有興趣？」

她不說話。不說話，代表默認了。

「妳覺得大哥的女人名聲很響？很亮？很威風？」我一字一字帶著痛問她。

我把上衣扯掉，然後平淡地說，「妳看我，胸前三刀，是替李華成擋的。」我指指左手的疤，「那是被菸蒂燙的。」我撥開瀏海，「這個，是被玻璃瓶砸出來的。」

她瞪大眼睛，不敢置信地看著我身上數不清的疤。也許，她以為，我該是像皇后般的雍容、華貴。

「驚訝吧？」穿上衣服，我坐了下來，「痛的不是這些疤，是這裡。」我指了指心，「你知道我跟李華成幾年嗎？五年，不多不少，五年！這五年，我被追殺過，我墮胎過至少三次，還有，」我嘆了一氣，「我還被輪姦過。」

沒有人說話，連辣椒都瞪大眼看著我。

「但是，我並不後悔我做的這一切。因為我愛他。為了他，我放棄了原本的生活，脫離了我的父母。就這樣一個人跟著他。後悔嗎？我告訴妳，我沒有後悔過。但是，如果再給我一次機會，我會選擇這條路嗎？那我也告訴妳，不會！」我冰冷地說著，不帶情感。像說給自己聽，又好似說給她們聽。

周圍一陣沉默，沒有人開口。也許他們都被我那個「如果再給我一次機會，我不會選擇這條路」給嚇呆了。

「我曾經以為，我愛的是李華成，愛的是有關他的一切。但是我錯了。我愛的只是李華成，而不是李華成的事業。如果時間允許，我還是會愛上他，但是我絕對不會走上這條路。因為這條路，太累、太黑暗，太不歸路了。我走得並不愉快，支持我走下去的，只有一件事情——那就是李華成。莫莉，回頭吧。這條路，真的不好走，也……也不該走。」我做了結尾，閉上眼睛。

「我不是來聽妳說教的。」茉莉抬起下巴，滿臉不屑。

我笑了笑，當然知道這番話對她來說跟放屁沒什麼兩樣。「我不說教，我也沒指望妳回頭。我只是說出我的經驗而已。我更不指望妳聽了我的話就會回頭。我只是要妳知道，這番話，以後妳一定會懂。」

一定會懂。

走過的人，就會懂。

「妳囉哩巴嗦的很煩耶，我是來跟妳說成哥……」

「妳覺得這個位子很吸引人吧？如果妳喜歡，我讓給妳吧。如果讓給妳，就能還給我那十四歲時的我，我讓給妳。」我閉上眼睛，揮了揮手，不想再說話，

「妳走吧，李華成不在高雄。他回來，我會叫他去找妳的。」

她似乎還想說什麼，卻在小辣椒的催趕下走出廂房。門關上了，我的淚也掉了下來。滑過臉龐，滑落下巴，順著胸口慢慢地滑下，像把利刃狠狠地割開我的心。

我呆坐在廂房裡。看著空空蕩蕩的包廂。這裡，和家裡有什麼不同？

門開了，一個修長的人影走了進來，我睜眼看著，認出來是歐景易。

「我聽辣椒說了。」他手上的菸蒂露出紅色的火光，「聽辣椒說，妳今晚說了很多話。」他走到我身邊，問著。

「重要嗎？」我空洞地望著他，淒笑。

「我……我能體會妳的感覺。真的。」他沙啞地說著。「妳……妳還好吧？」

「歐景易，今晚哪裡飆車？」我問了一個不相關的問題。

「做什麼？」他捻熄菸，口氣裡帶著訝異。

「帶我去飆，我想吹風。」

「小雛菊，我已經二十四了，不飆機車了。」

「我才十九，認識你們那年，你們也才十九。你帶不帶我去？不然我可以自己去。」我站起身，準備離開房門。

「妳真是……算了。我 call 人。」

今晚，飆車人數很多。

一大半，是要來看歐景易的，另一半是想來看看成哥的女人，小雛菊飆車。

我跨坐在機車上，戴著安全帽，歐景易則不滿地抓住車頭，在風中喊著，

「我載妳！成哥人在臺中，我不能讓妳出事。」

我撇開他的手，催緊油門，煞車一放，讓機車像脫韁的野馬，飛奔而去——

風很大，刺骨地在我身邊飛嘯而過。我不覺得痛，因為心更痛。

那年，我是在這條路上撲進李華成的懷抱。

那年，他是那樣倉皇地拋下機車，那樣叫著我的名字。

淚像斷線的珍珠，在夜裡，灑滿空氣，灑滿我的臉。

我並不後悔，真的，華成，我不後悔。

求求你，也別逼我後悔。

別逼我後悔。

視線模糊了，我只覺得心好冷，好冷。我拉住頸上的項鍊，項鍊勒得我喘不過氣，往事一幕幕，我只想解脫。

想解脫。

迎面而來的車子發出巨大的喇叭聲，刺眼的車燈讓我睜不開眼，我卻什麼也聽不到、看不到，腦海裡，浮出李華成當年戲謔的笑，和他的話語。

「小雛菊，妳是我的，懂不懂？」

我懂了。可是你呢？

李華成，你怎麼不要我了，為什麼？

為什麼，不要我了。

手一放，車身飛了出去，我也像散了的菊花瓣散成一片片。

淚、血灑在中正路上。

第十二章

我居然沒有死。

睜開眼，白色的床單，淡淡的藥水味。

坐在我身邊，一臉憔悴的，不是李華成，是歐景易。

他說，我昏了三天，他已經打電話給李華成，要他趕快回來。

回來？心，還在嗎？

我笑。

眼淚再度滑落。

「小雛菊，大哥在樓下！」歐景易走進來，看著我。

「不想見，告訴他我睡了。」我閉上眼，不想見到那張讓我朝思暮想、卻又隱隱作痛的容顏。

歐景易沒有說話，他悄悄地闔上門，隔著半開的門縫，我聽到李華成著急的聲音，「人呢？小雛菊呢？」

歐景易一手攔住他，臉上帶著不屑，「睡了，你不用進去了。」

門外傳來拉扯聲，李華成似乎不顧歐景易的阻攔，一個跨步想要打開門，砰一聲，我猜是歐景易動了手，「你這混帳！你怎麼能那樣對小雛菊？」

我沒有聽見歐景易的哀號聲，我想，李華成沒有回手。

他蹙著眉，抹掉嘴角的血跡，「讓我進去看她。」

「你不配！當初好好把她抓進來，現在又始亂終棄，你到底是不是男人？」

歐景易大吼著。

我聽到李華成又悶哼一聲，心裡一緊，坐起身子，虛弱地喊，「歐景易，不要打了……不要再打他了。」疼，一定很疼。

門開了，李華成帶著焦慮走近我身邊，我睜眼看著他紅腫的嘴角。

心裡，苦、酸、愛、恨全混在一起，不知道，哪一種勝過哪一種。

愛情，真的那麼難、那麼苦嗎？

為什麼，讓我們都傷痕累累……

一個禮拜後，我出了院。

李華成開著車，回到了我們的「家」。

我坐在沙發上，頭上還綁著繃帶，冷眼看著他替我倒杯熱水。

「我見過那女孩……」問題，總是要解決的。

李華成身子僵了一下，回頭，愧疚和痛楚寫在他眼裡。

「你愛她嗎？如果喜歡，把她帶回來吧。總是好好一個女孩子。」我閉上眼，不想看他的雙眼，怕一看，眼淚又會掉下來。

他沉默了一會，「為什麼這麼淡？妳不氣？」他走到我跟前，站著俯視著我。

淡？我還能怎樣。一哭二鬧三上吊？「我不想當你的包袱，你喜歡的，就去吧。」

「為什麼？為什麼妳變得這麼淡？」他丟了手上的玻璃杯，跪了下來，怒吼著。

為什麼？為什麼？

問得好！我是為什麼啊？再也忍不住心裡的悲憤，我瘋狂地站了起來，拉著頭髮，尖聲地嘶叫著，「為什麼？我是為了什麼？我是為了什麼把自己搞成這副模樣？我為什麼染起頭髮，我為什麼耳上穿了十幾個洞？我又為什麼把自己穿成這副德行？」我淚流滿面，痛苦地喊著，「我是為了你啊！李華成，你懂不懂？為、了、你！你！因為我愛你，好愛你，不想成為你的負擔啊。不想讓你一個人扛，不想牽累你……」身子軟了下去，我跪坐在地上，哭著，把這幾年的眼淚、懼怕和不滿，全部回給他。

李華成跪在我跟前，一臉空洞，過了好久，他突然大吼一聲，重重的一拳捶上牆壁，「我一點都不愛她，我只是想妳。小雛菊，我看到她，想到當年的妳……」猛然間，我看到他流下眼淚，「我……好想當年的妳啊……」他頹廢地抱住頭，痛苦地流下眼淚。

「是我害了妳，我卻……不敢面對，只好逃，越逃越窩囊……」他捶著地面，像頭發狂的野獸，不停地喊叫著。

我流著淚，看著李華成的無助。原來，他也有哭的時候啊。

我又何嘗不想念當初那朵……聖潔不染的……雛菊？

又何嘗不想，當初那麼單純愛上一個人的感覺。

反手抱住他，他的淚滴溼了我的衣角，我的淚落在他胸前。

我知道，我們一起流過血，我們的血交纏著，分不開。現在才知道，原來除了血，我們的淚也是在一起的，也是那麼無奈地交織在一起。

人在江湖，身不由己。

我想，他和我，今晚，都體會了這句用血刻出來的話。無奈，人已在江湖，身已不由己。

「小雛菊，走！走！歐景易，帶她走！」李華成回手一刀，替我擋下來那致命的一擊，他把我推開，推到歐景易的懷裡，喊著。

「不要、李華成，你不能丟下我！」我掙扎著，歐景易扛起我，帶著血，奔出門外，「歐景易，放我下來！華成在裡面，在裡面啊！」我發狂地踢著、喊著，卻也只能眼睜睜地看著人群、刀影把李華成包圍起來。

「李、華、成！」淒厲的聲音，由我口裡傳出，李華成深深地看了我一眼，身子倒下，血狂噴了出來。

「大哥！」歐景易回了頭，憤怒地喊著，卻也只能帶著我，逃、拚命地逃……

「易哥！」門外，海虎帶著一群人衝了進來，扶住歐景易踉蹌的身軀。

「大、大哥在裡面！去……快去。」他跌落，卻還是死死地用身子護住我。

「兄弟，上啊！」海虎抽出西瓜刀，眼紅地往裡面衝。我推開歐景易的身子，拉住小胖，「你護他！」搶過他手上的開山刀，我也奔回裡面。

李華成！你不准死。

聽到沒？不、准、死！你是我的命。

記得嗎？我的命。

我劈開擋路的人，在血海中搜尋著李華成的影子。

眼淚掉了下來，我找到一身是血的李華成臥倒在血泊中。

我撲了上去，抱起他，大吼，「你不准死，不、准！聽到沒？你答應要扛我一輩子的，你親口答應的——」我揹起他，海虎衝過來護住我們，「嫂子，快帶大哥走！」

我揹起滿身是傷的李華成，咬著牙，一步一步踏出這人間地獄，「李華成，聽見沒？你不准死。」我的聲音克制不住地抖了起來，眼淚瘋狂地掉下來。

「小、小、雛菊……對、對不起……我一直……很愛妳……很愛……很愛……妳。妳、妳說的如……如果可以回到以前……我……我也……也想回到以前。」他氣若游絲地開口。語氣還是那麼柔，柔得我肝腸寸斷。

「李華成，我不管什麼以前，我要的是現在……我沒有後悔過，你聽到沒，沒有……」

李華成勉強一笑。「我……我知道妳沒後悔……可……可是我後悔了……」

「李華成，後悔太晚了。你還欠我一條命！記得嗎？六年前，你自己說欠我一條命……你的命是我的，你不准死！不准、不准、不准！」我傷心欲絕地大喊，希望能喊回他的神智，喊回他的生命。

一個踉蹌，我跌倒在地上，我痛苦地抱住李華成，他睜開眼睛，臉上露出一個淡淡的笑容，「這條命……我下輩子，還妳……」他的手劃過我的臉，那麼淡、那麼輕。

我瘋狂地吻著他，卻感覺不到一點溫度。

沒有溫度。

下輩子，我不要下輩子……

李華成，你這輩子還沒陪我走完。

還沒……還沒……

還沒啊。

第十三章

落花般的雨滴，飄零。

雛菊的花瓣，隨風飄去。我靜靜地站著，讓雨和碎花，淋溼了我全身。

一件大衣蓋上我，我抬起垂下的眼睫毛，空洞地看著身邊的人。

「小雛菊，雨越來越大了，走吧。」歐景易撐著傘，替我擋掉雨，憐惜地說。

「我想……再陪他一會兒。」我看著墓碑，眼淚早已哭乾，早已落盡。

「小雛菊，妳這樣，大哥會不安心的。」歐景易突然抱住我，我沒有反應地讓他擁入懷。「在大哥面前，我問心無愧。小雛菊，大哥已經走了，妳為將來的日子好好打算。」

我抬頭，看見歐景易的眼裡有著一絲溫柔。剎那間，我恍惚地以為，那是李華成的雙眼。

「小雛菊，跟我吧。我替大哥照顧妳。」他把我抱得緊緊的，堅決地說著，「妳知道，為什麼我從不叫妳嫂子？因為，我一直很喜歡妳，一直很喜歡。我不想承認妳就是我大嫂。」

我推開他，搖了搖頭，「謝謝妳，我不能。」

「可是，妳懷孕了，一個人怎麼照顧小孩？」他不再抱我，只是把傘靠近我，讓傘能擋掉雨滴。

「歐景易，你知道為什麼我蹚了這混水？」我摸了摸小腹，淡淡地說，「因為李華成。因為他，我才逃家、休學，讓自己墮落。還記得我說的，如果可以回到以前，我不會走上這條路嗎？以前，是回不去了；但是現在，我有離開這條路的機會。他人走了。我……對這一切，也沒什麼好留戀了。真的，沒有什麼好留戀的。」

我吸了一口氣，「六年了，我真的累了。景易，我想回家了……」

「回去？可是妳……」

「景易，認識你很好，不管任何一個人，我不後悔認識你們。我後悔的，只是我們的處境。」我淡淡一笑。「你知道嗎，我多希望，我們只是普通人，普普通通的人。」嘆了一口氣，「我真的想回家了，真的很想回去了。」累了，真的好累了。「以後，就不要再見面了吧。如果你把我當朋友，就答應我好嗎？孩子，我會自己照顧的。」

歐景易眼中閃過痛苦，他抓起我的手，「我不去找妳，其他人呢？妳走不掉的，走不掉的。妳要有人保護妳，就像大哥以前那樣護妳。」他狂搖著頭，急急地說著。

「我會離開臺灣。等時間過了再回來。」

「小……雛……」他欲言又止。

「歐景易，如果你愛我，成全我吧。」我抬起頭，懇求他。

「我、我、我答應妳，不再去找妳。」他咬著牙，痛苦地說。

對不起，歐景易，原諒我的自私。只是少了李華成，我真的再也不會對這一切留戀。少了他，誰能陪我走下去？

沒有人可以陪我走下去了。

「我送妳回去。」

「不用了，當初我自己怎麼出來，我就怎麼回去。」我悠悠地望了李華成的墓碑，把手上那束花放在歐景易手裡，「謝謝你六年的照顧，我不會忘記。」

我轉身，「歐景易，你自己小心。不要變得跟李華成一樣。有機會就抽身吧。」我一步一步地離開他，決定離開這六年的恩恩怨怨，離開這六年的愛恨情仇，離開這風風雨雨。

歐景易緊握著花，目送著我的身影離開，眼裡有淚，喃喃地說，「抽身？有機會嗎……有機會嗎？」

人在江湖，身不由己。

我抽身了，踏出這江湖了。只是，那是用我的血、淚和愛人的命換來的。

值得嗎？

誰告訴我，誰來告訴我。

風吹起，雛菊片片飛，落在樹梢，地上，墳上。

落在誰的心頭，化成誰的淚。

當初是這樣一個背包離開家的。

我揹上同樣的背包，關掉了李華成家裡的電燈。

關上門，我把鑰匙留在信箱。

再見了，我的家，我尋找幸福的家。

我知道，我不會孤獨。在我身體裡，有另一個生命陪著我。

陪著我，走過春夏秋冬。

打開久別六年的家門時，我看見父親白了的頭髮，一臉錯愕，和滿臉憂愁的母親。

「爸、媽，我回來了！」我放下背包，侷促地站著。

「回來就好，回來就好……」父親老淚縱橫，當年的憤怒早已化為悲痛。

我抱住他們，流下眼淚。

幸福，我找過。

我以為那年，那樣，就是幸福。

後來發現，幸福，只是曇花一現。

流不盡、散不開。

雛菊的淚，在春去冬來，徘徊，流連。

我呼出一口氣，把最後的檔案儲存，看著小雛菊的臉，突然想哭。

「寫完了，妳要不要看一看？」我將電腦推到她前面。

她搖了搖頭，「不用了。」

我知道，為什麼她的聲音總是那麼沒有生命，那麼沒有感情；因為，她的命、她的情，早就隨著李華成而走。

我搔了搔頭，「我有點後悔把妳的故事寫出來。」她的故事，我，根本寫不出裡面千愁萬愛的一千分之一。而且，還怕會帶壞小孩。

「為什麼？」她抬起頭，淡淡地看著我。

「因為，我寫不出那種感覺，那種淒美、淒美的感覺。」怕會帶壞小孩那一句，我放在心裡自己參考。

「沒關係，有感覺的人，看了就會懂。」她點起另一根菸，看著窗外。「也希望，這篇文章不會帶壞小孩。」她回頭看我，似看穿了我一般。

我不好意思地笑一笑，「其實，其實沒那麼……」

小雛菊不介意地笑了。「我懂。時間如果倒退，我不會選擇走上這條路。但是，我依然會愛李華成。我會想其他的方法完成這份愛。愛好重要，很珍貴，卻也好難啊。」

她說著，卻很像喃喃自語。

「繞了一圈，我很幸運還有家人陪伴我。有些人就沒有這麼幸運了。」她悠悠地吐煙圈。

我想她是想起某些人了。我想問她，有沒有再見到以前的人，卻不敢開口。頓了頓，只好問她什麼時候回臺灣。

「後天。」她吐了煙，「李華成的兩週年忌日……」她的雙眼閃過了一絲情感，很淡，淡得讓人察覺不出來，忽然她又問，「誰唱那首歌？」

「哪首歌？」

「我愛上讓我奮不顧身的一個人……」她哼著。

「孫燕姿，曲名是〈天黑黑〉。」我拿起筆，把名字抄給她。

「嗯，」她淡淡地收過紙，站起身，「我該走了。」

我想不出任何留她的藉口，只能呆呆地看著她穿起外套，我抓住她的手，

「寶寶是男是女？」

她突然一笑，「男的，眼睛很像華成呢！」她笑了，真的笑了。手，習慣性地摸了摸掛在胸口的銀鍊，李華成當年給她的鍊子。李華成還是她唯一開心的理由。

我不知道該說什麼，該跟她說恭喜？還是？

「謝謝妳幫我寫故事，這給妳。」她從皮夾裡掏出一張紙，放在我手上，淡淡的一笑，「往事如風，不是嗎？」一柳倩影消失在café門口。

我呆呆地看著她消失在人行道那端，就像她出現的時候，沒有聲響，沒有情緒，讓人察覺不出她的存在。她今年算一算，不過也才二十二，生命好像卻已枯

竭。

看著她的背影，想著她的話。

雖然，她口口聲聲說如果時光重來，她不會踏上這條路。

但是我相信，從她眼裡，我讀出了「堅定」兩個字。

我低頭看著手上的紙，那是一張泛黃的相片。

三個人。

我想，裡面穿著制服的短髮清秀女孩就是小雛菊吧。她當年的清秀，是無法形容的。

在她右方，將她摟緊的瘦長人影，肯定是李華成了。他的臉上掛著小雛菊口中那抹「戲謔的笑容」，那麼淡那麼迷人。

至於在左方，一頭金髮，嘻皮笑臉的，一定是歐景易了。

景物依舊，人不再。

我不敢想像小雛菊這兩年抱著這張相片，遍體鱗傷地嘗著那「景物依舊、人不再」的痛楚。真的不敢想像，也想像不出來。

那種苦，只有嘗過，才懂。

才懂，那個中的酸苦、那令人喘不過氣的悲痛。

想起依然掛在小雛菊脖子上的銀鍊。

我想，猜測她從沒後悔過。

我想，她不是不能忘。

而是不想忘。

雛菊的淚，散落、飄零。

落上誰心頭，化成誰的淚。

——〈小雛菊〉下，完

生活週記

學校：中正國民中學
姓名：歐景易
導師：林志領
年級：高中部一年級
班級：十八班

民國 84 年 9 月 15 日 星期五 天氣 晴時多雲偶陣雨

本週目標：要用三個成語

今天覺得要來去國中部看看有沒有不長眼的小鬼，挑幾個出來修理一下，不然數學老師這麼雞巴，所謂四可忍五不可忍。結果他娘的經過販賣機想買個飲料少了五塊錢，更令人毛衰自賤的是四周連一個可以勒索的學弟都沒有，真是可歌可氣，只好寫七個慘字，慘慘慘慘慘慘慘。

這個時候，老師我真的沒有騙你，那個學妹跑出來的時候，我還以為大白天的跑出一個女鬼（因為她留長頭髮我們學校有髮禁）（為什麼老師她可以留長頭髮但是我的中分卻要被抓去剃頭），然後女鬼就幫我投了五塊錢。

真的很像看到鬼因為五塊錢還是被販賣機吃掉了，幹，不過我有記住老師的教導所以沒有砸壞販賣機，只踹了它一腳而已。然後掉了三罐飲料，老師說得沒錯，好心果然有好報，以後我會記得不要老是把吃錢的販賣機打爛，要留一條後路給它走。

老師評語

1. 三個成語都寫錯，回去查字典罰寫十遍
2. 誰准你勒索學弟的？放學到教官室報到

3. 不許破壞學校公物，罰你勞動服務一週

4. 週記不可以使用髒話！

5. 還有你的慘字只有六個，回去好好念數學

6. 人家是有申請可以沒有髮禁的，你有特殊需求再來申請

民國84年9月22日 星期五 天氣 陰陰的

本週目標：要罰寫成語10次

是可忍，孰不可忍 是可忍，孰不可忍 是可忍，

孰不可忍

是可忍，孰不可忍 是可忍，孰不可忍 是可忍，

孰不可忍

是可忍，孰不可忍 是可忍，孰不可忍

可歌可泣 可歌可泣 可歌可泣 可歌可泣 可歌可泣

可歌可泣　可歌可泣　可歌可泣　可歌可泣　可歌可泣

（老師，毛衰自賤，我沒有寫錯，意思是當人衰到連頭毛都倒楣的時候就一整個很賤。這樣是用來形容我想勒索學弟卻英雄無用武之地有夠ㄐㄅ。）

今天天氣雖然陰陰的，但是一點陰風都沒有，所以第一節下課我們一幫人就到福利社旁邊的販賣機買飲料。老大買了舒跑，我買了生活綠茶，胖虎買了水（真是智障誰會花錢買水），海虎買了紅茶，痞子林買了舒跑（一定是抱老大的狗腿）。

第二節下課還是沒有陰風，我們又去福利社旁邊的販賣機買飲料，

老大買了綠茶，我也買了綠茶，胖虎還是買水（簡直智障），痞子林買了綠茶（果然再捧老大咖噌）

第三節下課颳起了一陣陰風，但是我們還是很熱，又去福利社旁邊的販賣機買飲料，老大買了紅茶，我還是買綠茶，胖虎這次不智障了買可樂，痞子林買了紅茶（ㄍㄢ，我這次真的確定他在捧老大咖噌，小人）

中午休息時間還是很熱，本來也想跟著老大他們去買飲料可是身上沒錢了，又不能勒索學弟，只好一個人留在教室。

然後我看見上禮拜那個女鬼跟著一大群國中部的學妹飄過去，這次我確定她不是鬼了。

（老師，你說留頭髮要有正當特殊需求，這群學妹走過去的時候都不

看我一眼一定是我的平頭害我的帥氣被埋沒了，我希望能保有帥氣的外表，把頭髮留長）

老師評語

1. 歐景易！用注音說髒話也不可以！
2. 沒、有毛衰自賤 這、種、成、語！不可以這樣亂用
3. 天氣沒有 陰陰的 這種形容詞 是 陰天（但是錯字減少了，給予嘉獎）
4. 週記請不要瑣碎，老師並沒有想知道你們每節下課喝了什麼
5. 需要「保有帥氣的外表」並不是正當特殊需求，頭皮下的東西會

比頭皮上的東西重要。好好念書，學妹就會看你了。

6. 學、校、沒、有、鬼（吧）

民國84年9月29日 星期五 天氣 下毛毛雨

本週目標：不可以鎖碎，這週週記要說到「感悟」

這週上課說到鬼不可以怕，人才可怕，我深表同感。昨天我只不過被留校觀察而已，老大就中了賤人的用計，被人在街口賣紅豆餅的路口埋伏，打得跟豬頭一樣，差點連他爸媽都認不出來。不過老大果然是老大，即使被圍毆也把對方三個人打到斷門牙、流鼻血，還有一個聽說當場嚇到尿尿。

然後聽老大說，他是被一個頭髮長長的國中部學妹救了。我打聽清楚了，國中部就只有一個學妹沒有髮禁，一定是那天我看到的那個女鬼。

聽完這個故事以後，老師說得對，鬼真的不可怕。像我以前超怕鬼的，因為我好像有特殊體質，總是會看到一些東西，特別是每個週末看完玫瑰之夜的鬼畫連篇，晚上起來尿尿都會嚇到尿尿分岔。而且會覺得全房間都是鬼，門後有鬼，床底下有鬼，睡覺的時候也有人在看我一樣恐怖。

不蠻老師說，有時候老師上課的時候我也覺得你後面站這一個那個……

但是老師請不要害怕，應為就如同你的教導，人比較可怕，鬼真的不可怕。救了老大的學妹一開始就像女鬼一樣出現，結果她不但給我五塊，還救了老大。所以老師雖然你背後時常有站一個那個，老師真的不用怕。

應為，鬼不可怕，人心難測。

所以等老大好一點以後我們要去國中部找女鬼學妹謝謝她。（老師，可是我們沒時間念書，應為我晚上除了飆車以外還得去幫爸爸賣早餐，凌晨三點就要起床了真的沒有時間）

PS.那個時間的鬼也特別多，不過我現在比較不怕了

老師評語

……那個是哪個……

請不要騷擾學妹

打架、飆車要到訓導處報到，才開學一個月你已經一支小過了，歐景易，好好念書不要亂來！幫助家計辛苦你了，首先不要飆車！然後如果有需要老師幫忙記得來跟老師說。

民國84年10月20日 星期五 天氣 晴

老師，上次你說有事情可以跟你說，我有一件大事要跟老師說，請你一定要保密，你說週記是不會給別人看的（雖然我上次寫我飆車明明只有你知道我知道結果訓導主任也知道了……）

但是老師我願意再相信你一次，應為我也沒有別的人可以說。

我今天看到小雛菊了（就是那天那個女鬼）（對了老師昨天你身後站了兩個那個，好像是第一個的朋友，不過你不要怕，他們沒有惡意）

我今天看到小雛菊了，她長得很可愛，不過瘦不拉雞的，所以我決定養肥她。我每天都幫她送早餐，反正我家是做早餐的，剛好順手牽羊。

星期一我幫她做了巧克力吐司。

星期二我幫她做了草莓吐司。

星期三我幫她做了飯糰。

星期四我做了蛋餅。

星期五我幹了一片起司，做了蛋餅加起司（還多加一顆蛋，但是蛋不用幹，因為一箱一箱的我爸爸不會發現少一顆）

我每天都會更早到學校把早餐放在小雛菊的抽屜裡。然後站在陰暗的角落處，等到早自習鐘聲響，小雛菊從她的抽屜拿出早餐。一開始她好像有點害怕，後來似乎就很開心吃掉了。有時候她會遲到，有時候會放到第一堂下課以後才吃掉。我就會一直站在那裡看她吃完，才回去上課。

有一次學弟問我學長你怎麼還在這，我就罵他幹拎娘你是在看三小……（對不起寫髒話可是我立靠北用完了沒辦法改，下次我會記得）學弟就不敢問了。這就是當小混混的好處，人家怕你，就不會丟臉。

可是老師，那份早餐我爸以為是我要吃的，所以我餓了一個禮拜，又不能勒索學弟。

幹，談戀愛好辛苦。

老師評語

1. 歐景易請不要蹺課
2. 那個到底是哪個……
3. 早餐還是要吃
4. 這不是談戀愛，這叫做單戀或是暗戀。高中生不可以談戀愛

PS. 這次我不會跟訓導處說

民國85年6月14日 星期五 天氣 打雷

老師，從下禮拜開始我不用送早餐了。

我看到老大跟小雛菊在一起，現在大家都叫她嫂子了，不過我偏不要叫。

星期五我還是帶了早餐，蛋是看到小雛菊從老大的機車後座下來時，我有種想把早餐吃掉的感覺。蛋是我沒有，我跑得很快很快，以前幹架幹輸都沒有跑這麼快。搶在老大跟小雛菊前面把最後一份早餐塞進了小雛菊的抽屜裡面。

老師，你上課說什麼屍者傳道受精解惑什麼鬼的，我想認真問你，你覺得我該繼續送早餐嗎？人家說吃人的嘴軟，我覺得小雛菊如果吃胖一點一定會很漂亮，其實只要再繼續這樣吃下去，我覺得她下學期就會胖一點點了，大概再一點點。

如果那時候我吐司上面的奶油抹多一點就好了，現在說不定她就胖了。

老師，她真的好漂亮，也好可愛。

我有點想哭，可是我不會哭，應為男兒有淚不輕彈，可是老師，我雖然沒哭，蛋是到現在，我心臟一直都好痛。

老師評語

1. 授業，是授業，你不要害老師被告

2. 景易，老師也沒辦法告訴你愛情是怎麼樣一回事，雖然常常說不可以談戀愛，但是感情的事情是很難說的，老師也替你惋惜，你是個好孩子。年輕總是要勇敢一次的。以後早餐就自己吃，難怪我覺得你這半年瘦了不少。照顧好自己才好，以後天涯何處無芳草（自己查字典，下週週記寫感想）

民國85年6月21日　星期五　天氣　陰

本週目標：寫感想

老師，早餐我自己吃了。

我不是好孩子，我們是一群混混，什麼都不懂，只會飆車幹架惹事生非。不過沒關係，謝謝老師的鼓勵。

我查了天涯何處無芳草的意思了，感想是，這世界很大，花花草草很多，我不要太傷心。

可是老師，花花草草很多，小雛菊……只有一朵。

老師懂我的意思嗎，幹，我國文時再不好，上次小考又抱鴨蛋了。

早知道多念一點書，說不定學妹就會看我了。唉。

大概這就是我的感想。

老師評語

老師非常懂

滿天星

初話

熱，一直是七月臺北天氣的寫照。悶熱，更是讓人有股窒息的感覺。

今天的天氣，剛好就處在那讓人喘不過氣的邊緣當中，陰暗的天空擋不住豔陽，卻多添了幾分悶熱。

一顆水滴從天而降，下起雨來，悶熱的臺北街頭混著水滴，毛毛細雨卻讓路上的行人像趕鴨子般直往騎樓擠去。

隔著玻璃窗，水滴圓滾滾順著玻璃光滑的表面滑落。透過玻璃窗，我看著外頭手忙腳亂的路人們，心裡有那麼一點想笑。

咖啡店裡空調舒適地轉著，熱氣、悶氣甚至溼氣都被隔絕在外，坐在這裡本來是那麼一件平凡無奇的事，卻也一剎那變得有如在天堂。

看著桌上打開的筆記型電腦，我百般無聊地輕敲著鍵盤，盯著手上的趴趴熊手錶，秒針滴滴答答地走動，手指越敲越快。

其實，寫小說真的沒什麼大不了的。我喜歡寫小說，只因為可以寫出綺麗的世界，悲喜愁怒，我都可以包覆進去。而且，有時候還可以聽到不同人的故事，不同的經驗。

就像今天一樣，在臺北的某一端，正有個有故事的人和我約在今天，把他的故事告訴我。歪著頭，我想起前幾天MSN上的對話。

「洛心，就約星期六吧！」

「好啊！:p」

「怎麼認出妳呢？」

「我靠窗口坐，帶著筆電 :p」

「那我……我就帶著一把滿天星吧！」

滿天星？我差點笑出來。她幹嘛不說繫朵紅玫瑰？

無所謂，這不是重點。反正，我和那位滿天星小姐約了今天見面。

看著手錶又過了五分鐘，我雙眼忍不住再次往那鬧哄哄的街道飄去。雨變小了，路上的人又開始穿梭起來，看著黑壓壓的人影，猛然我注意到了他。沒有特別的理由，只不過在這種充滿恐龍的世界，一個天使突然出現的話，我相信任何人都會把眼神投向他。

男孩子高高的，隔著玻璃水氣，實在看不出他的年齡。微溼的頭髮，貼在臉上，快速地穿越在人群中，彷彿在趕些什麼。

約會遲到了？

嘿，這年頭，遲到不是女孩子的專利了。

就在我再度把眼光調回他身上，男孩一隱身消失在人群中，只留下那白色的殘影。

再度看了一眼手錶，趴趴熊的分針已經移到了五。滿天星小姐遲到了，就像全天下的女人一樣，即使和個女人赴約，滿天星小姐仍然遲到了。

就在我打了第三個哈欠、墮落到準備把接龍叫出來玩，咖啡店清脆的鈴聲引起了我的注意。隔著擺在門口的綠色植物，看得出來進來的是個男人。

不是滿天星小姐。聳了聳肩，我低下頭，開始我的第一張接龍。

「洛心？」聲音在頭頂上響起。

抬起頭，我看見了一對黑亮的雙眼，長長的眼睫毛上還掛著水氣，很迷人。

「我認識你？」如果來的人是個女人，也許我會以為他是滿天星小姐，不過很可惜，滿天星小姐沒有變性。如果我是個絕世美女，也許我會以為這張掛著水滴的臉是我第幾十號追求者，不過我不是。所以，我只是習慣性地挑了挑笑容，很守本分楞楞地問著。

「對不起，我遲到了。」水珠男孩勾起抱歉的笑容，脫下了溼淋淋的外套，一屁股坐在我前面，「臺北我真的不熟。」

我給他的眼神仍是一片茫然。我認識他？如果隔著玻璃窗看過他一眼，也能叫認識，那大概全臺北的人我差不多認識一半了。沒錯，剛剛被我偷窺過的天使男孩，現在就坐在我面前。

還記得我剛剛給他的評分是九十。

九十分男孩坐在我前面跟我搭訕，很難想像。也許，天使和恐龍向來都是這樣認識的。

「哦！」水珠男孩看我一臉茫然，他丟了一個笑容，從身後拿出一把、一大把沾著水珠的滿天星。

滿天星？

「是你？」滿天星小姐真的變性了。

「洛心妳好。初次見面，多多指教。」他站起身子，微微地往前一彎，給了我一個鞠躬盡瘁。

我忍不住笑了，光那句「初次見面、多多指教」就已經夠戲劇化了，他居然還站起來跟我行禮？

「你好，我是洛心，初次見面、也多多指教！」我接過他送上來的滿天星，讓不知情的人投來羨慕的眼光。站起身子，我回他一個標準日本禮。

他感覺到我的戲弄，不在意地聳聳肩，笑著也跟著我一起再度坐回座位。

陽光這時候悄悄地穿過雲層淡淡地照進玻璃窗裡，落在水珠男孩的臉上。

原來，他就是滿天星「小姐」。

一個像天使般帶著水滴在天地初開那一剎那降落到凡間，被我這小恐龍標上「九十分」的滿天星男孩。

第一話

「希望同學能不忘以上的教誨，最後，祝大家有個愉快的暑假。解散！」松本校長結束了他長達二十分鐘的結業感言，終於在三點四十五分放下了麥克風，不負眾望地說了一句大家最想要聽的話。

轟隆！

體育場原本整齊的隊伍，在解散指令丟下之後，大夥兒像鳥獸一樣散成一片，兩個出口霎時擠得水洩不通。大家興奮地往外衝，暑假的氣氛已經瀰漫了全場。

我從人群中擠了出去，快步跑向教室。老實說，今天若不是自己剛好是畢業生代表的其中一個，我想我會和其他的同學一樣蹺課了。浪費了一整天，現在我不想再浪費任何一秒鐘，更何況，往長野的列車再一小時就要啟程了，我不想錯過。

拎起了書包，就在我踏出校門口的那一瞬間，後頭上氣不接下氣地喊叫聲止住了我的腳步：「阿朔！等等我！」回頭一看，堂本皆樹甩著他黑亮的頭髮，追在我身後。

「堂本，有事嗎？」

「你不是要回長野？我們一起走吧。」堂本甩了一下書包，喘著氣說。

「你不是要留下和安田逛街？」

「哈，」他乾笑一聲：「分手啦！走吧，列車要趕不上了。」堂本搭著我的肩，往校門走去。

兩個人一路走一路聊，直到發現再五分鐘列車就會開往長野後，才像鴨子著火般向車站狂奔。

❋

當我迷迷糊糊睜開眼睛的時候，列車早已過了松本，離長野已經剩下兩站了。看了一眼隔壁睡得跟死豬一樣的堂本，我把視線轉回到了窗外。

我不是名古屋人，也不是長野人。正確說法，我是不是日本人，都還有點令人疑惑。我父親石川啟雄在臺灣經商時認識了我母親。兩人結了婚，在臺灣生下了我。因為母親和娘家談不攏，一直無法隨著父親到日本，因此我的童年是在臺灣過的。講得一口流利的國語，甚至連臺語我都能朗朗上口。

我的童年並不快樂，因為跟隨父姓，同學都知道我父親是個不見人影的日本人。他們老是喜歡笑我沒有父親，笑我是日本狗，在學校偶爾還會遇上抗日一族的長輩指著我的鼻子大聲說：「滾回你的日本去！」

總覺得這是很不公平的。那時候的我，除了偶爾和我父親在電話上會用生澀的日文溝通，對日本根本毫無認知。然而，外人的眼光卻不是如此。

這種情形一直到我升上國小三年級，母親經過八年的抗戰終於和家人取得了同意，帶著我千里迢迢來到現在這個國度。也在這時候，我才知道當初那句「滾回日本去」的日本，指的是哪裡。

初到名古屋，一切都挺新鮮的。不過有一點倒是沒有改變，日本人還是不認為我是「日本人」，他們說我是臺灣人。加上初到日本，日文並沒有那麼流利，在學校偶爾還是會被同學捉弄。

「唔……安田……」隔壁的堂本發出一個鼾聲，說了幾句夢話。

堂本皆樹，是第一個和我打招呼的同學。只有他，從不介意我的身分，每次有任何的團隊活動，都是他第一個拉著我和他組隊。除了糾正我的日文，偶爾也會正經八百地說要學中文，當然結果都是不了了之。

堂本一直和我同校，上了高中，我們雖然不同班，但是由於我的日文已經和道地日本人沒有什麼不同，也慢慢打入了其他人的圈子。有好一陣子，我幾乎都真的忘了自己還有一半的血統來自臺灣。

臺灣，對我來說早就成了一個陌生的名詞。

在高二那一年呢，父親因為公司調度，職位換到了長野。但是考慮到我即將升大學，我沒有跟著搬家，而是寄住到堂本的家，堂本也就常常在放假的時候跟著我到長野去。

看了一下手錶，還有半小時左右才會到車站。我無聊地從背包裡翻出同學送給我的雜誌，隨意地翻閱著。堂本偶爾傳過來的鼾聲，讓我無法專心地閱讀雜誌上的專欄。翻了兩、三頁，我就決定放棄閱讀。

就在我彎了身，拿起地上的背包準備把雜誌放回去，突然被人猛撞了一下。右手一鬆，背包裡的籃球滾了出去，在列車的走廊上直直地往前滾。

「對不起！」撞上我的人，急急地說著。

「沒關係！」我站起身，準備把那顆籃球撿回來。

哪知，撞上我的人手腳更快，兩、三步跑向籃球，將它抱了回來，輕輕地交到我手上：「先生，對不起！」再次聽到她開口，發現她的日文生澀得不像話。

仔細看著冒失鬼，發現原來對方是個女的，身後跟著兩個一樣清秀的少女，不好意思地看著我。大概是外地人吧？暑假的日本，總是被人列為旅遊勝地。各國的人到處都可以看見。

接過了籃球，我禮貌性地再度點了點頭，坐回了座位。

三個女孩笑著離開了走道，回到了屬於她們的座位。在這吵雜聲中，堂本被吵醒了，他睜開眼睛好奇地說：「好可愛的女生啊！你認識？」

搖搖頭，我閉起眼睛想要小睡一會：「不是日本人。」

「不是日本人啊？」他失望地嘆口氣：「真可惜！」

「還是想你的安田吧！」我瞇著眼睛，調侃著。

「王八蛋！」堂本不滿地捶了我一拳。

十分鐘後，我聽見耳邊傳來小小的談話聲。又過了幾秒，我決定睜開眼睛，看看是誰在擾人清夢。眼睛睜開，對上了一雙像星星一樣的眼睛。

是剛剛那撞上我的女孩，和她的朋友。

不等我開口，女孩主動用著她生澀的日文開口說話：「先生，不好意思，可以向您問路嗎？」她歪著頭，努力地咀嚼著文字。

老實說，她的日文真的是——東倒西歪。我保證，她若不是向我問路，應該沒有人聽得懂她在說什麼。

「可以的。」我盡量挑出簡單的文字來跟她溝通。

她高興地笑了一笑：「先生，請問長野站在哪裡下車？」她指著旅遊指南上的一處風景，問著。

「善光寺」，是她所指的圖片。

「下一站下車。」

「哦——那……」她歪著頭，似乎在找著適當的日文，看著她和她朋友三人兩眼茫然，努力想表達自己的意思，我不禁有點同情她們。這就是所謂的「自助旅行」吧？

「妳要去善光寺？」堂本在一邊插了嘴，一臉善良。

「是、是、是！」三個腦袋拚命地點著。

「那你跟我們走吧，阿朔的家在善光寺附近而已哦！」堂本講話有如砲彈一樣，我懷疑那三個女生聽懂了任何一句。

「真的嗎？謝謝！」出乎意料地，也許是堂本的肢體動作太過完美了，她們居然異口同聲地說好，並且自動自發地坐到了我們身邊的位子。

只見堂本親切地拿出雜誌和她們一起分享，和她們有聲有色地溝通著。也許戲劇社的就是有這種好處吧，肢體語言打理了一切。

女孩們一直傳來笑聲，大概是被堂本無聊的肢體笑話給弄笑的。

聽著她們的笑聲，我的思緒飄回了家的後山，看著窗外的風景。後山上的那片大草原又在我眼前浮現。每年夏天，那裡總是會開著一種小花。很小，很白。那種不知名的小白花，開得整片山坡都是，記憶中，我曾經在臺灣看過和它們很像的花。

而那種花，似乎是叫——滿片星吧？

今年，不知道滿片星是否又開遍了整個山坡。

人和人的緣分就是如此巧合吧？

長野面積說大，大不過東京，說小，卻也有四百零四點三五平方公里。

就在我和堂本在安岡太太家的溫泉旅館泡著熱呼呼的溫泉，消除一天幾小時的車程所帶來的痠疼、聊著暑假要怎麼打發的時候，安岡太太踩著木屐，蹋蹋踏踏地走了到浴室門口。

「阿朔？」她溫柔的聲音從門外傳進來。

「是，」我停止和堂本的對話：「有事嗎？安岡太太？」

「阿朔，等會兒你泡完溫泉，是不是能幫我一下忙？」

「沒問題，安岡太太，妳等我一下，我馬上出來。」說完，我站起身子將浴巾往腰上一圍，踏出了溫泉。走進更衣室，我迅速地披上男性和服，光著腳丫子走出澡堂。

「阿朔，要不要我去？」堂本冒出半顆頭，問著。

我對他搖搖頭，打開溫泉的門，走了出去。

「不好意思，要麻煩你！」她笑著向我行禮，我連忙點頭、彎腰：「哪裡，有什麼可以幫忙的？」

「來了幾位客人，看樣子是從臺灣來的，」她指指迴廊裡一間客房：「阿朔，我記得你懂中文的？」在一間和室面前停了下來，安岡太太試探性地問著。

「是的，安岡太太，我會一點中文。」雖然已經很少用中文溝通，我還是能記得普通的對話，相信當翻譯，應該是沒有問題的。「安岡太太是否要我替妳翻譯？」

「對，那就麻煩你了。」她向我點頭一笑，突然門外傳來吆喝聲，她向外看了一眼，轉頭不好意思地對我說：「阿朔，她在裡頭第二間房。你先過去，我去點貨。」

我向她微微點頭致意，踏著步伐邁向迴廊的第二間房。

輕敲了和室門兩下，唰的一聲，門打開了。

「是你!?」

長野的確是四百零四點三五平方公里，長野溫泉旅館少說也超過百家。

「是妳？」

踢倒我籃球、日文說得東倒西歪的女孩，睜著大大的眼睛，露出笑意，看著我。

也許命運的輪盤是這樣轉的，把東倒西歪日文小姐轉到了我那節車廂；再一轉把她轉到了長野；最後一轉，她住到了離我家三條街的溫泉旅館。

「你會說中文啊！」就和在車上一樣，她搶先開口。

「小時候在臺灣住過，會一點。」

「好棒哦！要不要先進來坐坐？」她讓出空間，讓我從她身邊走進房內。

「你是臺灣人？」我和她不約而同地在矮几前面對坐下，她斟了一杯茶給我，笑著問。

我是臺灣人？還是日本人？

「我是混血兒，在臺灣出生，國小二年級就過來日本了。」從小被「你是哪裡人」這種問題給問慣了，我已經能對答如流，臉不紅、氣不喘。

「混血兒！難怪你長得這麼帥！」她喝了一口茶，笑嘻嘻地說。

臉紅了，一陣熱意從我脖子紅到耳根子去。一定是溫泉泡太久的關係，我在心裡默默地解釋著。

「我叫唐薰，唐朝的唐，薰衣草的薰哦。」她又一笑：「你呢？」她彷彿沒有看到我的臉紅，還是笑吟吟的。

其實，我對所謂的唐朝、薰衣草是什麼東西根本一點概念都沒有，只能硬生生地記住發音：「我，石川朔。」

「石川朔？」她眨了眨那長長的睫毛，從背包裡拿出紙筆：「寫給我看，好不好？」

我接過紙筆，在紙上寫下了「石川　朔」三個字。

「那以後我是不是叫你石川桑？」她咬咬下脣，調皮地說著。

「叫我阿朔，就可以了。」我尷尬地回答。對於眼前這樣熱情的女孩子，不知道該怎麼對答。

只覺得，她那雙明亮的眼睛，像可以燒透人似的。

「妳朋友呢？」我左顧右盼一番，發現屋裡只有我和她，另外兩個女孩並不在屋裡。

「她們倆到處逛逛去了。」她輕輕地喝了一口茶，撥了撥掉下來的幾綹黑髮，笑著說。

「妳呢？妳怎麼不去？」發現，我居然喜歡看她笑的樣子，很輕，像風吹過草端，小花搖曳那樣的柔。

「我暈火車，所以不想出門嘍。」

「妳也會暈車哪？跟我一樣。」幾乎，只要是會動的東西我都會暈，除了新幹線，讓人感覺不出一絲晃動。「妳來日本旅遊？」

她眨眨長睫毛，「嗯，來逛逛走走。」

彎身拿了旅遊指南在我眼前攤開，她說：「你看，我們計畫在長野待上一陣子，這些地方都想去玩玩。」她用手指了幾個用紅筆圈起來的地名：「本來想說自助旅行很好玩的，沒想到，日文不好，玩起來還真有點尷尬。」

「這個地方不錯，妳們可以去走走。」我指著觀光指南上一處她沒有圈到的風景，好心地建議。

突然，她放開了觀光指南，抓住我的手興奮地問：「石川桑，你當我們的導遊好不好？」

我不知道什麼是導遊，楞著看她細白的手抓住我的，握得死死的。我想開口說話，卻有點發不出聲音，只能看著她抓著我的手，一臉期待。

「導遊？」終於，我找回了那一點思緒，困難地開口問她。

「就是……帶著我們到處逛嘛，你會日文又會中文，好不好？」隨著她每問一句，她手上的力道便加深一分，雖然還不至於捏痛我，卻捏得我喘不過氣。

「啊，好、好啊。那，明天我帶妳們去這裡。」說完，我順勢抽出手，指著書上的照片。

「真的嗎？太好了！」她笑開了，笑容綻放在她的蘋果臉上。

她笑容綻開，我終於想起為什麼我會喜歡她的笑。

因為，夏子也常笑。

連哭，她都會像笑一樣，讓淚珠順著笑容滑落臉龐。
就連離開的那天，她也沒有忘記給我一個最後的笑容。
夏子，後山的白花開了，妳那裡……是否也看得見？看得見那幸福的花。

＊

「石川，你有沒有看過這種花？」
「嗯？」我做著伏地挺身，沒有多在意地敷衍應聲。
「石川，你看看嘛！」她不滿地坐到我背上，壓得我整個人黏上了地板。
我側過頭，翻起身子讓她滑下我的背，湊到她身邊：「什麼花？」
「這種花！」她端著一盆小白花，「上個月去長野看到，順手挖了一些回來種。」她聞聞花：「石川，你看過這種花嗎？」
「沒有，這是什麼花？」小小的花，並不起眼。
她轉過頭，笑了笑：「這叫——幸福的花！」
「幸、福、的、花！」我隨著她唸，再仔細一看，小花……似乎真的有股幸福的味道。
幸福的花……
「阿朔——！」堂本的聲音把我從世界的另一端拉回來，我睜開眼睛，刺眼的太陽和堂本的大臉映在我瞳孔裡。
幸福的花？
我並沒有看見……
「做什麼？」

「做什麼？你和 Ling 她們約好去參觀善光寺，遲到啦！」堂本拉起我，叮噹一聲，一個粉紅色的鈴鐺從我胸前掉落。

堂本楞了一下，撿起鈴鐺，輕聲低喃：「阿朔……」

我隨意拿回鈴鐺，放在桌子上：「對不起，我遲到了，你等等我。」我轉過身脫掉上衣，拿件無袖衣換了上去，再次轉過身的時候，堂本依然站在那裡，低著頭。

「幹嘛？」拿起皮夾，我問他。

「阿朔……」他看看我，又看看桌上被我隨意一拋的鈴鐺，欲言又止。

「走吧，Ling 她們在等了。」昨天回到家告訴堂本我接下的差事，他也興味盎然地吵著要加入，所以再問唐薰後，堂本也變成旅遊團的一員。由於堂本不會唸「薰」，所以他叫直接叫唐薰「Ling」。

關上了門，忘了關窗。

風一吹，鈴鐺輕輕在桌面滾動，發出清脆的聲音……

❋

「阿朔，這寫什麼？」薰好奇地拉著我，看著她手上的旅遊簡介。

「哦，寫善光寺的歷史嘍。」我遞過飲料給她，瞄了一眼她手上的簡介。

「寫什麼呢？」

「善光寺是一千四百多年前蓋的……」正當我努力地替薰翻譯著簡介，堂本突然帶著另外兩個女孩——小萱和小葳從旁邊冒出來。

「照相啊——！」然後他叫了一聲，把我們四個人推作一團，快速地按下快門。

「啊！」我們剛好站在參道的階梯上，被堂本這麼一撞，我撞上了薰，薰一個不留神，踩空了階梯，剛好在快門按下後跌坐到地上，悶悶地叫了一聲。

「堂本，你小心一點嘛！」我急忙蹲下身扶起薰：「有沒有怎樣？」

「唔，腳有點痛。」她擠了一個笑，皺著眉頭說。

「對不起，Ling。」堂本一臉抱歉，也蹲下來扶著薰。

「沒關係的，堂本！」

幾個人扶著薰坐到走道旁，我蹲下來看著她細細的腳踝。薰今天穿著及膝的米白色短裙、藍色娃娃裝和一雙不算矮的藍色麵包鞋。

很典型的日本人打扮，薰有一點日本臉，也難怪一路上很多人都向她打招呼。

踏著麵包鞋的腳踝有點腫，我看了看，問：「能不能走？」

她試著站起來，踏了一步就又輕呼一聲，跌了下去。幸好我眼明手快地把她攬住，她順勢跌進了我懷裡。

薰很輕，幾乎感覺不到她的重量。身上傳來一種很淡的味道，女孩的味道……像她的味道。

恍惚間，在我低頭看著薰，陽光照下來的那一瞬間，我以為我看見了她……

「夏子？」

「阿朔，你說什麼？」她不自在地動了動身子，輕聲地問。

「沒有……妳先坐。」我把她放回椅子上，轉身看著堂本他們：「她腳扭到了，可能暫時不能走。」

「沒關係，我坐會兒就好，你們先去逛嘛！」薰摸著腳踝，不好意思地說。

「堂本，你先帶我們去逛，等會阿朔再來找我們？」小葳突然開口說英文，經過昨夜的認識，小葳、小萱和堂本發現了一個溝通的方法——英文。

當然，以堂本英文慘不忍睹的狀況來說，肢體語言還是占了一大部分。

「小葳，這樣好嗎？不陪小薰啊？」小萱納悶地問。

「有阿朔啦！」她背著我和堂本擠眉弄眼了一番，「堂本，你說對不對？」

「呃……對對對！我先帶妳們去逛，不然等一下天黑了。」

天黑？我看了一眼手錶，不過才十點十五分……「薰妳說好不好？」

「這樣也好，不然你們四個人陪我在這坐，挺無聊的。」

「那堂本，十二點的時候在放生池集合。」還有將近兩個小時的時間讓他們玩，應該夠了。

「那就這樣決定了，十二點見了。」說完，堂本抓起兩個女孩的手，三個人和薰道再見後，有說有笑地往大本願走去。

堂本就有這種本事，不消多久就能和生人打成一片。

「阿朔，不好意思，掃興了！」薰抬頭看著我，帶著歉意笑著說。

「沒關係，妳坐會，我去拿點冰。」我拍拍她的肩，走向了冷飲攤的老闆娘，跟她要了一點冰塊。

老闆娘好心地給了我冰和塑膠袋。我把冰塊放到塑膠袋裡，走到薰身邊輕輕地替她敷上。

我專心地在冰塊上施壓，期待著能讓她早點消腫，並沒有注意到薰的表情。

一滴水，滴到我手上。

冰融化了嗎？

我下意識地抬頭往上看：「薰，妳怎麼了？」原來，不是冰融化了，是薰融化了……眼淚從她的大眼睛裡滾下，掉在我手上。

「一下子很感動。」像「她」一樣，她沒有抹去眼淚，只是笑著看著我，讓眼淚隨著她的臉頰滑落、掉落……一顆一顆滴進我平靜的心湖，帶起了一絲一絲的波紋。

起了一圈一圈的漣漪，透過漣漪我回到了兩年前，我看到了夏子，那張帶著淚的笑臉，那雙帶著淚的明眸……

撲通……撲通……撲通……

隨著她一顆一顆淚珠滴落，我聽見自己的心跳聲。

太陽好大，陽光讓我睜不開眼睛，看不清楚，也不想看清楚。

我丟了手上的冰袋，反手一抱，將薰緊緊地捺在我的懷中。

當時，我並不在乎薰為什麼哭……

我只在乎，懷裡的那份感覺，那份和夏子一樣的感覺。

為什麼？為什麼她走了？

告訴我，夏子，為什麼留下我，走了？

幸福的花，妳帶走了，只留下我，留下我……

薰的腳沒有好轉，我只好在十二點時跑到放生池告訴他們，薰沒有辦法來的消息。

堂本一臉惋惜，經過商量決定打道回府。

反正，薰她們留在長野的時間還有一段，不急，可以慢慢逛。

走回薰的身邊，她正脫下鞋子，光著腳丫子踢啊踢，看到我的時候，她露出一個笑容。

臉上的淚珠，早就乾了。

我沒有說什麼，只是走過去把她背起來，往回家的路上走。

一路上除了敷衍堂本他不好笑的笑話和小葳她們的問題，我幾乎沒有開口。

揹著薰，一步一步地往車站走去。

薰還是一樣有說有笑，雖然被我揹著，仍然手舞足蹈地和堂本他們聊著天，沒有半絲的尷尬，彷彿那場淚只是幻覺。

也彷彿我衝動之下抱住她的動作沒有發生過一樣。

走著，我還是可以聽見自己的心跳聲……

彷彿，也聽見了薰的心跳聲……或者……那是夏子的心跳？

❋

我坐在後山坡上，也不知道坐了多久。

只看那雲一片片飄過去，風一陣陣吹過來。

兩年了，兩年間，夏子的記憶並沒有天天跟著我，雖然不至於痛徹心扉，卻老是有股什麼一樣，梗在我胸口，被時間覆蓋著，總以為就這樣淡了、化了、消失了。直到遇到了薰，才讓我再度想起，才讓我知道，原來夏子一直沒有消失，一直在我心裡，不過不願被提起罷了。

雲飄過，風吹過：「石川，長野的夏天好美麗啊，有機會我們一定要一起去看。」

「有夏子這麼美麗嗎？」

「你討厭！」

的確，長野的夏天是很美麗。

有雲、有風，還有那一大片的幸福的花。

只是，夏子，沒有妳……

我靜靜坐著，想著夏子的一切，就像兩年前那樣，在她走以後，瘋狂地、沒命地去想著她。

好怕只要一秒不想她，她就會從我記憶中消失。我在空氣中拚命地抓住每一點屬於她的行蹤。

還是讓她散了，再怎麼努力，我卻抓不回夏子。

她像空氣一般，消失了；卻也環繞著我，每一秒、每一天……只是我忘了去注意她罷了，就像人習慣了空氣，而忽略了空氣的存在一樣。

就這樣子習慣了沒有夏子，卻也這樣忘不了夏子。

抬頭看天上的雲，心中很平靜，我不知道該有什麼感覺。

悲傷、痛楚？

我再也不知道有什麼感覺。

風吹過，手中的鈴鐺發出陣陣的聲響。那是個粉紅色的鈴鐺，上頭刻著「幸福」兩字。夏子把它送給我，要我掛在書包上，她說：「石川，幸福的鈴鐺哦！它會帶給你幸福！」

是嗎？

我躺在草地上，閉上眼睛感覺著風吹，感覺著花香，回到了兩年前，那樣感覺著夏子。

「阿朔？」薰的身影出現在我睜開的眼裡。

「薰？妳怎麼會在這裡？」我睜開眼睛，看見薰蹲在我旁邊，笑著喚我。

「我問堂本的，他說你會在這裡。」她蹲著，笑著說話。

「唔，我不小心睡著了，」我看了看手錶六點多，我在這裡待了快四小時了，原來時間是這麼快過去：「妳腳好點了嗎？怎麼亂跑？」我看了看她換上的平底鞋，問著。

「好多了，我無聊嘛，就跑來找你了。」她一屁股坐到我身邊，看著四周：

「好漂亮的小花，阿朔這是什麼花？」

我沉默了三秒鐘，才淡淡地說：「不知道。」

「其實很多不知名的東西才是最美的，對不對？」她細細地撫過小白花，小聲地說著：「這種花，和臺灣的一種花很像呢。」

「滿片星？」我問著。

「嘻，」她轉過頭對我一笑：「是滿天星啦，滿天的星星，很像吧？」

滿天的星星……

薰見我不語，又抱著膝蓋看向花海，問：「阿朔，你知不知道滿天星的花語是什麼？」

「什麼是花語？」我問著。

「每種花都有一個代表性，那就叫花語。」她摘起一朵花在手上轉著：「滿天星的花語是幸福……喜悅……和憐愛。」小花在她手上轉著，像星星跳舞般讓我頭昏眼花。

幸福？

原來……夏子早就知道它是幸福……

「阿朔……」薰站了起來，在我身邊慢慢走了一圈，才蹲到我跟前，看著我。第一次沒有帶笑地問：「誰是夏子？」第一次，她的語氣不帶著笑意，反而有股哀愁的感覺。

「夏子……」我沒想到今天早上忘情的一叫，居然讓她記住了。也沒有想到，她會知道夏子是個女孩名。我楞了幾分鐘，才淡淡地說：「她是我以前的女朋友。」

「阿朔也失戀了？」她蹲著，睜著圓溜的眼睛，看著我。

我搖搖頭：「沒有。」

「沒有？」薰不解地眨了眨眼：「那阿朔為什麼難過呢？夏子現在在哪？」

在哪？我也想知道她在哪……

又有誰來告訴我她在哪？

誰來告訴我？誰？

胸口一股氣梗住，忽然間連呼吸都變得有點困難了，我茫然地看了薰一眼：

「她死了。」

是的，夏子死了。

再也不會回來了，碰不到、看不到，連夢中都見不到。

丟下我，一個人走了，一個人孤單地走了。

「阿朔，對不起，你不要哭。」薰突然伸出雙手，把我攬住，柔聲地說。

被她這麼一說，我才知道，原來我哭了。眼淚輕輕滑出眼眶，那樣無聲無息地掉下。原來，我還有眼淚，也會流淚。我沒有推開薰的懷抱，只是任性地讓她抱著我。我不懂，為什麼在薰面前我會變得如此脆弱。

也不知道過了多久，我才稍微恢復了情緒，我推開薰擦掉眼淚：「對不起，失態了。」

薰在我身邊坐下，搖搖頭嘆口氣：「你一定很愛夏子。所以，才會露出那樣的表情……悲傷的表情。」

「悲傷？」

「嗯，也許你不知道吧，我總覺得不管在什麼時候看到你，你總是有那麼一點不快樂，彷彿有什麼梗在你胸中，讓你喘不過氣。」她那雙大眼望進我的眼裡，我像害怕被看穿了般轉過頭。

「其實，我也不一定對啦，認識你不過兩天，怎麼會知道你的一切呢？」她無奈一笑，轉過頭看著雲，不知道心中在想什麼。

「我聽人說，能看出別人悲傷的人，自己也是悲傷的。」我看著薰，說著。

她沒有回話，只是淡淡地一笑，看著天上的雲朵。我們就這樣對坐著，不發一言。兩人看著一樣的雲朵，聞著一樣的花香，想著不一樣的事。

也不知道過了多久，我突然開口：「薰，我告訴妳一個故事好嗎？」

她轉頭，臉上有一絲淚痕，笑著：「好。」

我開口，時間轉回了兩年前，兩年前我和夏子的那一年。

第二話

「為了表達我遲到的歉意，請妳吃個東西吧。」滿天星男孩笑著對我說。

我對他扮個鬼臉：「你會後悔的！」我轉頭看著冰櫃裡的各式甜點，在心裡狂笑：「嗯，就……一、二、三、四。」我指指幾樣用巧克力做成的蛋糕。

「只要四樣就好了嗎？」滿天星男孩還有幽默感地說。

「錯，是除了那四樣，我全部都要。」我嘻嘻一笑，不意外地看見他睜大了那雙帶著水珠的雙眼。

「後悔了吧？」我給他一個臺階下。

「不會，怎麼會呢？」他也笑了，招了招手，真的要小妹把冰櫃裡除了那四樣外的全部糕點端上來。

蛋糕端上來了，我真的就開始吃，然後滿天星男孩也跟著我一口一口吃著蛋糕：「嗯，還沒告訴我你的名字呢。」我吞了第二盤蛋糕的最後一塊，問著他。

他嚥下了口中的食物：「石川朔。」

「石先生是吧？」

「不是，是石川先生。」他低低笑著。

「呃……」喝了口咖啡：「你是日本人？」感覺怪怪的，一個日本人操著比我還要標準的中文。

「一半日本人。」他笑著回答。

金城武！

這絕對是我聽到他是混血兒後的第一個反應，再仔細看看他，我連木村拓哉的臉都浮在腦海裡了。他留著日本偶像流行的髮型，挑染黑髮。

「石川桑，你好哪。」九十分的天使男孩再加上一半日本血統，真是人在家中坐，好貨天上來。

就這樣，我和石川朔在這間咖啡店聊了一個下午。也就像他來的原因一樣，他細細地告訴我那段屬於他的故事，而我也用心記錄著。

記錄著這個半個日本人的戀情……

外頭還是滴著小小的雨。我打著小說，偶爾抬頭起來看看石川朔的表情，他只是慢慢地說著他的故事，並沒有多少表情。

一字一字地打著，我心裡的鬱悶越積越深，隨著他的故事，我越來越害怕這會是個悲劇……

我不想再寫悲劇了，一個〈小雛菊〉讓我藍色了半個月……我不想再來朵悲哀的滿天星，尤其現在我接近大學考試……我可不想小說寫到流落街頭。

「到此為止吧！」就在我打完最後一個括號、句子、句點、括號、空行之後，石川桑突然喊停了。

悲傷的情緒卡在這一點，升上去也不是，掉下來也不是。

「你不是要說夏子的故事？」我問著他。

他沉默了幾秒鐘，看了看錶：「妳喜不喜歡金城武？」然後問了一個不相關的問題。

「嗄？」金城武？這跟小說有什麼關係？我搔搔頭，「還滿喜歡的啊。」

「我請妳去看電影好不好？」石川先生一出場就帶來驚喜，現在更丟給我炸彈。邀我去看電影？

「看電影？」

「我們去看《薰衣草》，金城武演的。」

「你想看啊？」我把檔案儲存，關上筆記型電腦，眨了眨有點痠疼的雙眼。

「有點想，妳說，好不好呢？」

「好吧，走！」連猶豫都沒有，也沒什麼注意到和這石川桑才第一次見面。

石川朔站了起來，左手替我拿了筆電、右手拎著他的外套，走在我身後。

走出咖啡店門口，已經六點半了，天色接近黃昏，雨還是朦朦朧朧地下著。

「妳等等，我去開車。」石川提著我的筆電，披著外套快步往不遠處的路邊停車場走去。

也許是電腦打太久了，也許是下雨的關係。

石川的背影，看起來有那麼一點孤獨……

捧著那束滿天星，我不禁想著石川嘴裡的夏子……

夏子……會帶出怎樣的故事呢？

電影開演到結束不過短短一個多小時。

其實整場電影，我除了「金城武很帥」這句評語外，其他不予置評。

我和石川桑相偕走著，才九點多，路上還是一樣鬧哄哄了。在電影院門口外熱鬧的夜市穿梭著，也不知道走了多久，我才想到要開口說話。

「欸，石川，你覺得這部電影怎樣？」我抬頭看著他。

他沉思了半會才說：「滿……滿有意義的。」他說得有點尷尬。

看他憋住沒說實話的表情，我忍不住笑了出來，

「其實我還滿喜歡那片薰衣草海的，滿漂亮的。」我想著那片紫綠色的薰衣草，說著。

「家鄉的幸福花就像那樣，好大一片，沒有盡頭……」石川抬起頭，看著天空，淡淡地說著。

幸福花，我看看手裡的滿天星，再看看石川的臉，有點不知道要說什麼。

我發現，其實……故事裡的陳慧琳很像石川。想著自己喜歡的人，日子那樣過。只是陳慧琳幸運地遇到了天使，遇到了金城武。

石川呢？

他的夏子走了，薰呢？

薰是否是他的天使？

看著他落寞的身影，我開始不敢去想答案……

石川看這部電影一定百感交集吧？

「你還沒有告訴我夏子的故事。」我傻笑了一下，拉拉他的衣袖問著。

他靜了一會：「對啊，還沒說呢……」只見他從口袋裡拿出菸，點燃了，看著天空靜靜地抽著。

我也跟著他往天上望去，很訝異，臺北今天的晚上出現了星斗。

「你看，滿天星先生，臺北的星星為你綻放耶！」

他笑了一下，捻熄抽了兩、三口的菸：「走吧，再請妳去喝杯咖啡。」

「還有夏子的故事！」

「沒問題，走吧。」他接過我喝光的飲料罐，扔進了一旁的垃圾桶。

石川挑了一家最近的咖啡店，我們就這樣漫步到了咖啡店。

點了兩杯咖啡，他調整了一下坐姿，然後開口：「夏子，生在夏天……」

夏子出生在夏天……

我……也是在夏天出生的……

夏子，生在夏天。

因此，取名為夏子。夏子有一雙很大的眼睛，蘋果臉，小小的嘴脣。

在學校來說，夏子並不是最美麗的女孩，但是她很會笑。她總是笑著和人說話，笑著走路，即使她不笑，那雙大眼睛彷彿會笑般，讓人感覺很舒服，像夏天裡吹過一絲微風，拂過臉龐一樣的清爽、舒適。

夏子就像夏天一樣，總是為我帶來溫暖。

「石川，你看這是幸福的便當！」

「石川，這是幸福的項鍊。」

「石川，你是我的幸福！」

夏子很喜歡把幸福掛在嘴上，任何一件小小的事物，她都會很用心地去看，用心地去感覺，再把那份幸福的感覺傳給我。

她說，她要我永遠幸福。

和她在一起，我學會了珍惜身邊的每一樣東西，珍惜身邊發生的每一件事。那時候，真的是很幸福。

夏子帶給我幸福，我也以為這份感覺會永遠地走下去，永遠地保留住。

直到有一天，夏子在學校昏倒，被救護車送進了醫院。

隔著玻璃，我看到夏子臉色蒼白地被打上點滴，戴上輸氧管，我站在玻璃門外好久，第一次看見夏子沒有笑容的臉。

等到急救完畢，我穿著無菌衣走進病房，看著夏子躺在白色的病床，她睜開眼睛的時候，笑著對我說：「石川，謝謝你陪我，我很幸福呢。」

我笑著敷衍她，心中卻第一次感到不安。

幸福，似乎在悄悄地溜走……

在我驚覺時，不留痕跡地悄悄溜走。

在推入手術室的前一小時，夏子拉起我的手貼在她胸口上：「石川，有沒有感覺到我的心跳？」

我點點頭，左手緊緊地抓住她的右手。

「石川，人很奇妙的是不是？你看，就這樣撲通、撲通、撲通，跳著，活著。」她看著我，淡淡地笑著。

「夏子……」我忍住一股心慌的感覺，輕聲叫她。

「石川，我的心替我跳了十七年，十七年我都沒有浪費掉，我努力地找尋幸福，每一天、每一刻，我都能在生活中找出幸福的味道。」她壓著我的手，細聲地說：「特別在遇到你以後，我才知道原來我找到幸福了。

「石川，活著並不容易，每一天我閉上眼睛，就會害怕明天是否能睜開眼睛，」她頓了一會：「石川，我不知道它什麼時候會停止跳動；但是，我想告訴你，因為有你，才讓它這麼努力地跳著、跳出幸福。」

「夏子，你別胡說，手術完，妳就會變得很好，對不對？」我抓住她的手，心急地說著。

她瞇起雙眼，給了我微笑：「是啊，夏子會好起來，然後和石川一起打造幸福，對不對？」

「當然，我們還說好要去長野的對不對？」我不知道我是不是哭了，只是眼睛好酸，夏子的臉變模糊了。

「石川，不過你也要答應我，」她將我的手搭上我的胸膛：「如果我的心不跳了，你要代替我跳，然後永遠幸福，好不好？」

「妳又亂說話了，手術完，夏子的心就和我一起，不是嗎？」

她又笑了，眼裡帶著淚珠：「夏子很努力地在跳動哦，石川也要為我加油哦！」她的淚隨著笑往下滑，我並沒有來得及抹掉她的淚滴，護士將她推入手術房了。

她笑著，帶著眼淚笑著進了手術房……

那天，我再也沒有看見夏子笑著出那間手術房。

她笑著走了，連最後一面，她都不忘給我她的笑容……

我看著白布下的夏子，無意識地摸著我的胸膛，我感覺到了自己的心跳，卻感覺不到夏子的……

撲通、撲通、撲通、撲通……

聽著它有力地跳動著，卻跳不出幸福的旋律。

只是跳動，那樣純粹的跳動……為了活而跳動……

「夏子走了，只留下我。」我咬著牙說著，心中的情緒像被擾亂一般。突然間回憶像捕殺我一樣，追得我喘不過氣，夏子的臉出現在每個空氣分子裡，我想忘，卻忘不了，還是得那麼無奈地將她吸進體內。

「阿朔……」不知道什麼時候，薰已經蹲到我身後，用她兩隻手抱著我的頭，輕輕喚著我的名字。

我不知道，女孩子的手也可以給人溫暖的，就像男孩的胸膛一樣……

我閉上眼睛，腦中一片混亂，一幕一幕全部湧上心頭。我扯著頭髮，像兩年前一樣痛苦地嘶叫著：「為什麼？為什麼？」

沒有人能告訴我為什麼。兩年了，我問過千次的為什麼，除了空氣，我沒有答案。

我掙脫開薰的雙手，站起來邊吼邊跑，在星光下踐踏著滿地幸福的花。去他的幸福花，像頭抓狂的野獸，我衝撞著卻逃不出回憶的牢籠。薰在我身後追著我，當然她跑不過我，加上腳上的傷，她只能看著我橫衝直撞，然後在背後一聲一聲地喊著我的名字。

也不知道跑了多久，我踢到了石塊，身子一軟撲倒在地上，薰也剛好在這時候追上我，她往前一撲，隨著我的身影雙雙倒在地上，她壓著我，努力地扳開我胡亂拉扯的雙手，喘著氣說：「阿朔，你睜開眼睛，你看！」

也不知道她哪來的力氣，把我的雙手固定在身邊，對我吼著：「你怎麼可以這樣踩這些滿天星？它們是幸福，懂嗎？看天上的星星，它們也是幸福，懂嗎？」

「王八幸福，我哪有幸福，沒有，都沒有！我活著做什麼？」我大喊著，用著日文大喊著。

「笨蛋！」薰突然也用日文罵了我一句笨蛋，然後抓住我的手貼上我的胸膛：「告訴我你聽到什麼？」

撲通、撲通、撲通……

「那是你的心跳聲！還有不只你，那還是夏子的心跳聲，你要替她找到你們所要的幸福，懂不懂？」她喘著氣，大力地壓住我的胸口，大聲地喊著。

也許是被她的認真表情撼住了，也許是被她那句「笨蛋」給喚醒了，我停下了掙扎，靜靜地聽著自己的心跳聲。

撲通、撲通、撲通、撲通……

我認真地聽著，感覺著它努力地跳動、努力地運轉……

「夏子很努力地在跳動哦，石川也要為我加油哦！」

夏子……

眼淚再度掉落，我掩著面讓眼淚穿過我的手指、掉落在幸福花的白色花瓣上面……

「阿朔，不只你，還有我……聽，我的心也在跳，跳得那麼無奈，卻還是努力地跳，因為……我也要尋找幸福。」薰捧起我的臉，拉著我的手感覺著她的心跳，笑著說。夜光下，她的眼角也有淚光。

薰的心跳聲也是那麼無奈，我抬起頭想看清楚，她為什麼也無奈……

「阿朔……」她含著淚，低下頭主動吻上我。

我並沒有推開她，只是麻木地讓她吻著我……我反手抱住她，將她抱得更緊、更牢。

薰……夏子……

我不想去分別，只能懦弱地吻著她，不想知道我究竟是在吻誰……

月光下，風吹過，幸福的花搖曳著。

我是找到幸福……還是只找到影子？

薰呢？她找到的是幸福、還是影子？

❀

日子還是像往常一樣，一天一天地過。

不同的是，這個暑假除了堂本，多了薰。對薰，我告訴自己要像對另一個女性朋友一樣。而那個意外的夜晚，讓我們在那後山坡上所流露的心事，也像那露珠蒸發在盛夏的初陽般，不留痕跡，也不再提起。

薰和她的朋友很好動，一天到晚拉著我和堂本去逛街。長野的大街小巷幾乎都被她們給逛遍了。我想，這是我有史以來把長野逛得最徹底的一次。

薰是個很陽光的女孩，逛街的時候總喜歡拉著我的手。像個小孩一樣，高興的時候開懷地笑，不高興的時候就嘟著嘴，耍起小個性。

剛開始或許還有些不習慣她的手，到了後來，也都無所謂地任由她去握。

安岡太太看久了以後，也都會開玩笑地笑我交了一個漂亮的女朋友。連媽媽都有意無意地問我是不是和臺灣人交往。

我從來沒有正面的否認。雖然說不否認就是默認，但是只有我清楚……薰不是我女朋友。

我不想承認，但是我想，我不排斥她的主動，是因為她身上若隱若現的夏子身影。

除非，哪天夏子消失了，不然，薰不會是我女朋友。

現在不是，以後也不會是。

那時候，我十八歲，信誓旦旦地以為、鐵齒地認為。

薰來過我家幾次，雖然和爸爸語言不通，但是和媽媽卻很有話聊。媽媽說好久沒見到故鄉的人了，有點懷念。

我很少加入她們的聊天，總是讓她們兩個人自己去聊。等薰聊完了，才會悄悄地敲著我房門。

「阿朔！」我沒有關門，薰探進半顆頭，睜著眼睛笑著叫我。

「進來啊。」我闔上手中的書，將椅子轉了半圈，說著。

薰探了探身，走了進門，手裡端著果汁：「要不要喝？我榨的哦。」她將果汁遞給我，又看了看我手上的書：「你在看中文書？」她好奇地指了指我桌上的書，一臉訝異地問著。

「有什麼不對嗎？」喝了一口果汁：「我想我也該好好練習中文了。」

「要不要我教你啊？」薰一屁股坐到我跟前，眼中閃著俏皮。

「我很笨的，妳教不會。」我給了她一個微笑，也跟著她坐在地上。

薰兩隻眼睛滴溜溜轉了一轉，在我房間掃描了一次：「阿朔，你房間怎麼都這麼乾淨？」

「有嗎？」其實還好，我只是有物歸原處的習慣罷了。

「這是什麼？」突然薰站了起來，半顆頭鑽進了我床底：「有東西掉在這裡，」她拿出了一個有點灰塵的相框問著：「相片耶，怎麼會掉在這？」

我看著她拎出那陳舊的相框，突然眼睛一花，感覺身體裡的空氣都被擠光似地難受：「放回去。」我想我的聲音一定很苦澀吧。

薰轉過頭，不解地看著我：「為什麼？相片應該好好地擺著，怎麼讓它沾灰塵呢？」

「因為她是夏子。」我閉上眼睛，夏子的笑容在我腦海輕輕一閃而過。

薰沒有說話，依然把相框拿了出來，輕輕拍掉上面的灰塵：「夏子如果知道你這樣對她，會很難過的。」她邊清理相框，邊輕聲說著。

我看著她吹掉灰塵，拿起面紙擦拭著相框，心裡突然絞痛了起來，好像塵封在某處的傷痛被人揭開似的。

薰拿著夏子的相片，放到我書桌上立了起來：「學著遺忘，並不是逃避。」

「我沒有逃避，」我看了一眼夏子的照片：「我只是不想去記。」因為怎麼記，也換不回那樣的以前。

「阿朔，有回憶不是不好，至少你愛過，對不對？」薰拉起我的手，歪著頭看著夏子的相片，靜靜地說著。

我看著薰的側臉，很想問她：妳不是也愛過？妳又愛過誰？又為什麼流淚……

我沒有問出口，只是看著薰，看著她的側臉。

時間很像就這樣靜止了。風從我敞開的窗戶吹進來，吹得掛在窗角的鈴鐺發出清脆的響聲。

薰轉頭看了我一眼，淡淡地笑了一下，站起身：「我該回去了。」

我沒有送她出門，只是靜靜地看著她走出房門。

薰掉眼淚了，雖然只是那麼晶瑩剔透的一小顆淚珠。

我突然想知道薰為什麼哭。

那一小顆淚珠。

在陽光下顯得更為刺眼。

「咦，阿朔？你找薰啊？」和室的門應聲而開，探出頭的是小葳。

「嗯，薰在嗎？」我看了看手錶，九點多了。拎著薰今天早上遺落在我房裡的皮夾，準備還她。

「她出去逛逛了，阿朔，你要不要進來坐坐？」小葳讓開一條路讓我進去。

本來我是想轉身離去的，薰不在我進去可能有點不方便。我正想搖頭說不必了，一個念頭突然在我心頭閃過。

我向小葳行個禮，輕輕地從她身邊走過，進去了她們的客房。小萱坐在茶几面前，桌上擺著兩個茶杯，看起來她們剛剛在聊天。

「打擾了。」我輕輕點了頭，不想多浪費時間，我盤腿坐在小萱的對面，而小葳這時也剛好坐下在我身旁：「我想問一點有關薰的事，可以嗎？」

小萱和小葳互看一眼，過了幾秒小葳才輕輕地開口：「嗯，你想知道什麼？」

「薰為什麼來日本？不是真的只是自助旅行吧？」

「她是出來散心的，我和小萱不放心她才跟著出來。」小葳玩著手指，說著。

「過去到底發生什麼事？」薰常常會無故流淚，雖然她從來沒有抹掉臉上的笑容，我卻知道她不快樂，就像我一樣。

「你真的想知道？」小葳喝了一口涼掉的茶，眉頭稍皺，看著我用力地點了點頭，過了好半晌才悠悠地開口：「薰，有一個交往四年的男朋友……」

四年？很長的一段時間。

「他們兩個感情很好，四年幾乎都沒有吵過架。」

我淡淡地點了點頭，讓小葳繼續說下去。

「他們從國三開始交往吧？去年夏天……薰把男朋友帶回家給父母看，結果……」小葳頓了一下，想了幾秒鐘才又開口：「你知道以前的中國人，小孩子如果太多，有時候會把小孩送人吧？」

我點點頭，我曾聽媽媽說過。

「薰把男朋友帶回去，父母也看得很高興……但是後來發現，薰男朋友的爸爸居然是薰她奶奶以前送給別人的小兒子。」

一下子之間，我聽不懂她的意思，細細地思考一遍後，我才恍然大悟地抬起頭，看著小葳。

「沒錯，很可怕吧？薰的男朋友，居然是她堂哥……」小葳抿了抿嘴：「那是亂倫，你知道嗎？他們是不可能的。」

我腦海中一片混亂，不知道該說什麼，小葳後來的話我也沒聽見了。匆匆地離開她們的房間，我突然想找薰。

長野這麼大，去哪找？

茫然地在街上走了十幾分鐘，抬頭看見了月亮……盛夏的夜晚。

我回頭，往那山坡走去，那長滿幸福花的山坡。

月光下，我看見薰抱著腳縮在花叢裡。

我走了過去，薰只是抬頭看著我，沒有說話，臉上有淚痕。

我在她身邊坐了下來，跟著她看著滿天的星星，不發一語。就這樣過了好久，我聽到薰輕輕的啜泣聲，回頭看她抓緊自己的衣角，把頭靠在腿上，閉上眼睛。我將她捺入了我懷中。

「阿朔，你知道為什麼有回憶是好的嗎？」她抬起頭：「因為，我連回憶都不被允許。」

我抿著嘴，沒有說話。

「愛上不能愛的，想愛卻不能愛的，比什麼……比什麼都苦。」薰抹掉眼淚，倚著我的肩膀小聲地說著。

我似乎能懂她的感覺，似乎能懂……「我和他很像？」我看著白花，開口以後才訝異到自己的問題。

「那我和夏子像嗎？」薰抬起頭，淡淡地反問我。

我不知道該怎麼回答……

像嗎？

不像嗎？

為什麼我的心會被薰那樣地掀起漣漪。

「阿朔，你和我不一樣。你活在過去，我活在現在。」她站起身子，摘起白花看著天上的星斗。

我活在過去？我並不怎麼瞭解她的意思。

「以前的，雖然苦，我卻走過了。我往前看，你卻只是往後看。也許，我看到你想起往事，但是……我分得清我想要什麼，你卻分不清。」

我沒有說話，站起身子接過薰遞給我的白花。

她牽住我的手，風輕輕吹過她的長髮，摻著花香，飄過清香，是薰的味道。

「阿朔，我星期六回東京，然後過幾天就回臺灣了。」

我楞了一下，只剩三天。

薰輕輕踮起腳，手指撫過我的頭髮，笑著說：「阿朔，頭髮長了耶。」

我低頭讓她可以更順利地玩弄著我的頭髮：「有嗎？」三天……

「當然有，可以綁小馬尾了！」她冰涼的手指輕輕繞過我的後頸，調皮地想把我的頭髮紮起來。

我反手拉下她的手，月光太柔，花太香，一切都被打亂了。我低頭吻上了薰的脣。

薰雙手勾上我的後頸，我圈住她細小的身影。

風吹過，勾著淡淡的花香飄過我們的身軀，影子在花影中搖擺。

抱著她，我思索著她的話……

我要的是什麼？

是夏子，是過去。

不是嗎？

❋

「好啦，就綁起來嘛。」薰調皮地把我的頭髮紮成一束，用她的黑色髮圈綁了起來。

「不好吧？」我微微地皺了眉，卻也隨著薰去玩。

「很好啊，我覺得很好看，走吧，你說要帶我去許愛情符的！」她拉起我的手，走出門外，剛好遇到正要脫鞋進來的堂本。

「咦，阿朔你要出去？」堂本脫掉一只鞋，彎著腰看著我和薰。

「我帶她去拿愛情符。」

「哦——」堂本恍然大悟地笑了一下：「那你們去吧，我去玩電動了。」

也許是暑假，許愛情符的人很多。一對一對的男女，虔誠地領著那屬於愛情的小標誌。

薰興高采烈地捧著屬於她的愛情符，笑吟吟地走到我前面：「阿朔，你呢？不要一個嗎？」

我搖了搖頭，也許是遊客吧？或許是女生？我向來對這種東西不感興趣，特別是在夏子走了以後，什麼愛情、快樂，幸福，有關這些的一切，我懶得去想，也不想去求。

薰晃了晃手上的符咒，盯了它看了半晌才問我：「阿朔，你說這靈嗎？」

「心誠則靈。」我讓薰勾起我的手臂，有點敷衍地說著。

「什麼時候也變得這麼有學問？」

「妳教的。」我回頭笑著看她。

「你哦，變得挺不老實的。」她用手指點著我的鼻頭，努努鼻子不滿地說。

「要回臺灣了，想帶些什麼回去嗎？」我找個話題，看著刺眼的陽光，問著。

「能帶什麼回去？你又不跟我回去。」她歪著頭，嘟著嘴嗔說。

一時之間我不知道該說些什麼，只是楞在那無所適從。薰見我不說話，才吐吐舌頭笑著說：「才說你變了，結果還是一樣，笨哦！開玩笑啦！」她笑著敲了敲我的頭：「如果真的能帶什麼，我想帶那些花回去……」

我知道她指的是那些白色的小花。心中有了主意，我忽略了她的話題，故意帶著她在大街小巷晃了半天，到了一家拉麵店的門口才稍作歇息。

「餓不餓？」

「虧你還有良心呢，還知道我餓了。」薰拉著我進了店裡，和我對坐了下來。

閒聊了會，拉麵上桌了。

看著薰津津有味地吃著拉麵，心裡突然泛起希望時間暫停的想法。

兩天，我不想讓她走，突然想抓住什麼似的。我靜靜地看著薰的臉龐，心裡有個聲音喊著我。

我聽不清楚，只覺得腦筋亂哄哄的，思緒亂成一團，卻不知道從何整理起。

「阿朔，幫我吃香菇。」薰夾了兩朵香菇到了我碗裡，聽見她的聲音，我才從紛亂的思緒中稍微回過神。

「嗯。」接過她夾給我的香菇，默默地吃著。

「阿朔，想什麼？」薰抬頭看著我，捲著拉麵睨著我。

「想一些事……」我佯裝吃著麵，卻不知道自己嚥下的是菜或是麵。

「阿朔，你別亂想了，有些事要時間去理清的。」

時間？我用了兩年，似乎理清了些，卻又在遇見妳後亂成一團。兩年，一萬七千五百二十個小時，我都理不清；剩下這四十八小時，我又能理出什麼事情？

我看著薰的臉龐，迷糊了。我從來不去想以後的事，也不願意去想，只是這樣讓日子過。偶爾悲傷，偶爾快樂。

但是今天，現在。

剎那間，我突然想找出個目標。我該從何找起，畢竟之前是這樣過了兩年。

薰沒有再說什麼，兩碗拉麵，就這樣在倒數四十八小時中靜靜地吃完。

「阿朔，薰來找你。」堂本敲了敲我的門，探進頭的是薰。

她穿著淡白色的洋裝，輕輕地進了房間。

「行李都準備好了？」我看著窗外的月亮，故作輕鬆地問著。

「準備好了。」她順著我的方向往外看，兩人沉默了一會，薰才又開口：「阿朔，我們到後山逛逛好不好？」

點點頭，我站起身來，隨手拿件外套披上，跟在薰的身後。今天的月光很柔，灑在花上，也映在薰那身淡白的裙裝上。

「阿朔，我和夏子哪裡像？」薰坐下來，看著天上的星星問著我。

我一楞，也不知道該怎麼回答：「我不知道……說不上來。」

「阿朔，其實我很喜歡你。但是，我沒有把你當成影子。」薰轉過頭看著我，笑著。

我還是不知道該如何回答，只是低著頭聽她說話。

「你分不清楚到底誰是誰，不是嗎？」風吹過，她淡淡地說著：「其實，我以為我可以帶你走出夏子，走出過去。到了今天，我才體會，兩年和幾個禮拜是不能相比的。其實呢，我還要感謝你。遇見你，讓我走過了我曾經以為永遠不可能抹滅的壞回憶……遇見你，我才知道，原來感情是可以再重來一次的。並不是對著同一個人，而是對於自己，你懂嗎？自己的感情，是可以重新再來的。」薰站了起來，打開雙手，讓風吹得她一身白衣輕輕飄動。

「阿朔，你要學會走出過去，為了自己，也是為了夏子不是嗎？」可以重新再來的。

我看著她迷惘了，我從來沒有想過回憶和現實的問題，也沒有想過什麼重新不重新，反正時間是這樣過。渾渾噩噩的，不是太悲傷，卻也快樂不起來。直到遇見了薰，當她喚起我對夏子的回憶，也同時喚起了我對薰的那一絲感覺。

但是在這時刻，薰的雙眼和夏子重疊了。我也退縮了，我看不清楚自己到底要什麼。

如今，想去想，也來不及了……

「阿朔，明天你不要來車站了，看到你這樣子，我會哭的。」薰笑著拍拍我的後腦杓：「謝謝你這幾個禮拜和堂本的招待，也希望以後你能走出過去，找尋那曾經的幸福。」薰摘了一大把的白花，解下她頭上的白色絲帶，把花捆成了一束，輕輕交到我手上。

「我先回去了，明天還要早起呢！」薰站起身子往下坡的路走去。

我想開口喊住她，卻又不知道該說些什麼。就這樣，聲音像消失了般，只能看著薰漸漸地在黑夜裡隱沒。

「阿朔，莎、唷、哪、啦！」薰回頭了，雙手圍圈靠在嘴邊，對著我大喊一聲再見。用生澀的日文，像第一次見面般跟我說著話。

只是，這一次不是初遇。

而是離別。

「石川也要幸福哦！」

鈴鐺的聲音清脆地響起，打散那一層一層的白霧。

兩年前，幸福從我手上滑掉……從夏子身上輕輕地溜過。

現在呢？聽這鈴鐺的聲音，似乎某樣東西在我心裡來不及發芽，就這樣埋沒了。

我想起薰的笑容，和夏子的笑容。

不一樣的，終究是不一樣的。兩個人，又怎會一樣呢？

一樣的，是她們的心，那顆喜歡我的心……

感情是可以重新來過的。

薰笑著的樣子，漸漸浮現，這一次不再跟夏子重疊，而是完整地出現在旁邊，另一個完整的笑容。

我猛然站起身子，看著時間，九點三十分……

抓起白花，抓起外套，我正想衝出門外，突然從花束裡掉出一張紅色的小紙條。撿起一看，居然是薰上次求的愛情符。她夾在花束中，那樣悄悄地送給我。

回頭我拿起了那掛在我桌角兩年的鈴鐺，幸福的鈴鐺。

我把愛情符繫到鈴鐺上。

這次，幸福和愛情我要一起找回來。

一個小時……我毫不猶豫地往門外衝。

我死命地往街上跑，攔了輛計程車往車站飛奔而去。窗外的風景在我眼前呼嘯而過，兩年、三個禮拜，和那四十八小時。一幕一幕飛掠過去，我卻看清楚了過去，和現在。

千絲萬緒，我依然沒有理清，我只知道……薰再一個小時就要飛離這個國度了。幸福來過，我不能再放手。

十點零五分。

我衝進了車站，衝往了月臺，來來往往的人群，我抓著外套，在人群裡抓狂地走著。左顧右盼，東張西望著，希望能看到那張帶笑的臉。

我知道，他們應該已經離開了，應該離開了。

我找著，撞著了人也來不及說抱歉。

撲通、撲通、撲通、撲通……

我聽見自己的心跳聲，很久，自從夏子走了以後，很久，很久沒有這樣急速躍動了。我看著那一節又一節的車廂，著急，卻不知道從何找起。

「阿朔，你怎麼來了？」堂本的聲音在後面響起，他怪異地問我。

我沒回答他的話，只是抓著他著急地問：「人呢？人呢？」

堂本指著我斜後方的車廂，「上車了。」

我轉身，看見玻璃窗內的她，抬頭。

她楞，然後笑了，笑著對我搖手。

我握著花，僵在那裡，看著列車行駛，行駛……帶走了薰和她的笑容。

列車往前急駛，一陣強風被帶起，我一個沒抓穩，手上的白花被強風颳了起來，散了整個月臺。

薰，再見……

「啊……」堂本看著滿地的花，啊了一聲，手忙腳亂地開始抓著，撿著到處飄散的花。

鈴鐺隨著花的散落，也掉到地上，發出響亮的聲音。

滿天的白花，被剛剛那一陣強風吹落滿地。

我沒有去抓住她們。該抓住不放的，我讓她走了。

等到列車完全消失在軌道的那一端，我才轉身從滿地落花中撿起那條屬於薰的緞帶。

幸福，真的來過。

我發現了，只是晚了。

握著那條絲帶，我想……也許這樣也是好的，不是嗎？

我和薰不過才十八歲。

薰，也不過是在日本暫留短短那三個禮拜。即使，我發現了幸福，察覺了，也不會永遠，不是嗎？

在警衛人員的監視下，我跟堂本收拾完了地上的殘花，走出車站。外面太陽很大，風也很大。我緩緩攤開手心，讓白緞帶輕輕地被強風捲上、飛舞、消失。

抬頭看那刺眼的陽光，陽光也許真的太刺眼了。

視線，隨著白緞帶的消失也漸漸跟著模糊。

幸福，來過，卻又再次無聲地走離。

最終話

十點多了，咖啡店裡沒什麼人。

石川又點了兩杯咖啡，讓小姐送上桌。

我低頭打字，除了猛喝咖啡，聽著石川說話，沒有開口。

抬頭看了一眼石川，他也看著我打字，給他一個微笑，喝了一口咖啡，我繼續著我的寫稿動作。

「結果……薰真的就那樣走了？」我還以為他會追上去，追到東京之類的。

「當然，又不是電影，難道她還真的留下來陪我？」石川給了我一個爽朗的笑容，撥了撥他那頭鬆獅髮。

「日劇不都那樣演？」我開個玩笑。

他只是笑，沒有作答。

我揉揉眼睛，喝掉最後一口咖啡。大概是盯了電腦太久，總覺得眼前的事物都花花的。

「看來你還是喜歡滿天星。」我看了看身邊那束滿天星，終於知道石川的心意。也知道，為什麼他帶的不是紅玫瑰。

我把電腦闔上，決定到此暫時休息，剩下的回家再加工。

石川看我關了電腦，又請小姐把冷藏櫃裡頭剩下的兩塊草莓蛋糕端上桌。老實說，今晚我吃蛋糕吃怕了，但是人家的好意又不能拒絕。謝了石川，拿起叉子，準備開動。

草莓蛋糕酸酸甜甜的，很多人說這是愛情的味道。

我把草莓輕輕沾了一點奶油，放入嘴中細細地感受著。

奶油膩膩地化開，夾雜著草莓的酸甜，石川的笑容。很美的一個夜晚，很美的一個故事……

「我送妳回去吧！」石川拿起他的外套，提起我的手提電腦，我捧著滿天星跟在他身後走出咖啡廳。

臺北的夜空，綻放著滿天星……

誰的幸福來到了？誰的幸福又走了？

後來好幾天我都沒看見石川在ＭＳＮ上出現，晚上沒有、早上也沒有；好幾次我甚至連了整天的網路，我都沒見到他。沒聽他說過要去哪，也不知道他到底還在不在臺灣，我們……失去了聯絡。

一大早坐在電腦桌前，開著MSN，呆呆望著劉德華的桌布，我不知道自己在等什麼，也不知道自己在期待些什麼。

好吧，在經過一個禮拜的等待後，我才又想起BBS這東西，其實我原本不太會用BBS，因為總覺得操作的方法讓我頭暈，但自從碰到石川，我開始常常上BBS，跟他玩丟水球的遊戲。後來有了MSN，它又再度被我捨棄。

上了站，我查了好友名單。

沒有，他不在線上。

也是，早上十一點，他怎麼會在線上呢？人家好歹是來臺灣辦公的。

我看著電腦螢幕發呆，腦中晃過我跟石川之間的每一句對話。

我想，石川來臺灣辦公，不知道有沒有去找薰呢？他們還有聯絡嗎？這些，都是我沒問到的。

想著想著，夏天的微風從窗口吹進來，我不知不覺地閉上了眼睛，涼風將我的意識越吹越遠，恍惚中，我似乎可以看到長野那片白色的花海。

下午兩點多，我從睡夢中醒來，已經被ＢＢＳ給踢下站了，電話線卻還是被我占著。還有一堆冒出來的ＭＳＮ訊息，瞄了一眼不是石川，我也就懶得回，全關了。

我揉了揉眼睛，再度連上ＢＢＳ。

郵差來按門鈴

欸，信耶。我楞了一下，馬上就知道來人一定是石川，因為除了他，還沒人會寫信給我。

寄件人：滿天星（NaganoNight）

標題：咖啡

時間：2000年8月6日　11：30

洛心

前一陣子辦公，加上陪我媽繞臺灣拜訪親戚，忙了一陣子。

有沒有空？我今天跟朋友約在那家咖啡店吃中飯，大概下午兩點半以後，就沒事了。有空來咖啡店吧，我會待到三點半以後才離開。

我看看時間，已經快三點了，連忙收拾了電腦，慌亂拔掉網路線，匆忙地出門。以後要問電話，邊趕著公車，我邊這樣提醒自己。

抱著電腦跑進了咖啡店，一眼就看見坐在窗戶旁邊的石川。

「嗨，石川。」我在他對面坐了下來，瞥見他隔壁椅子上的一束滿天星。

「洛心，妳好！」石川揚起笑容，然後把那束滿天星送到了我面前。

我搔搔腦袋：「又送我花啊，真好。讓你破費耶。」

「不會，應該的。」他笑了一笑，替我點杯咖啡，等上桌後，又直接替我加了兩塊方糖。

等到方糖都快溶了，他才突然問，「兩個，會不會，太甜？」

我尷尬地一笑，搖搖頭，「不、不會啦。」

他笑了笑，我還來不及阻止，就把自己的咖啡和我調換。

推辭不掉，只好謝了他，接收了他的咖啡。

「石川桑，我問你哦。」我頓了頓，「你有跟薰聯絡嗎？來臺灣有沒有去找她？」

石川明顯楞了一下，才搖搖頭，「我完全沒想過要去找她。也沒跟她聯絡過。怎麼會這樣問？」

「只是覺得，只是覺得……難得來臺灣，不去找她，不可惜嗎？」

他笑了出來，「第一，我不是難得來臺灣，我的工作常常要在臺灣跟日本跑，而且逢年過節我都會陪我媽媽回臺灣探親。第二，時間都過這麼久了，我想大家都有自己的生活不是嗎？薰說過的，感情是可以重新再來的。所以……過去的就讓它過去，妳說是嗎？」

「好像是，」我點頭，「那……這故事怎麼給你看？欸，你回日本有ＢＢＳ嗎？對了，你怎麼會用ＢＢＳ啊？」

「妳不是會在網路上發表文章？給我網址，我回日本就能看了。至於ＢＢＳ，表弟教的，去年回來過年，他看我無聊教我的。不然我怎麼會認識妳。」

「算不算緣分？」我笑。

他沒說話，只是笑。

「這個送妳……」突然間石川從他口袋裡摸出一個粉紅色的鈴鐺放在我面前。仔細一看，那是一個小小的粉紅鈴鐺，上面刻著金色的兩個字——幸福。

幸福？我腦筋一轉：「這不是……夏子的鈴鐺？」我驚訝地說，記得夏子的鈴鐺不是在那年掉落在月臺？

「嗯，夏子的鈴鐺。那天在月臺，我幾乎要回到家才發現掉了，又回去拿的。」他指指鈴鐺：「所以妳看，有一點點刮痕。」

「真的要給我？」像漫畫一樣，我眼中浮起一層水霧：「這是夏子留給你的。」

「不是唯一，夏子留給我的在這裡，」石川用他的手掌貼上他的左胸：「夏子和薰留給我的都在我心裡。送給妳，希望妳也幸福。也當作是妳聽我說這些事情的報酬嘛。」他笑著摸摸我的頭，像在哄小狗一樣。

「沒什麼，真的沒什麼啦。」我抹抹眼睛，輕輕地搖搖鈴鐺，聽聽它清脆的聲音。

「嗯，謝謝妳幫我寫故事。」石川站起身子對我鞠躬，我連忙也跟著站起來。不知道哪裡來的衝動，我也回了石川我生平第一個九十度禮。

「洛心，真的很謝謝妳！」石川連忙扶起我，笑著說。

「也謝謝你。」我說。

兩人互相行禮的樣子引起店裡眾人的注目禮。我們卻不在乎，只是看著對方笑。這樣的緣分，旁人是不會瞭解的，不是嗎？

兩人離開咖啡廳，又在臺北街頭閒逛了會。我把鈴鐺繫在背包上，噹噹的老是引起路人的注意。下午時分，離別的時候到了。

石川送我到了車站，「我下禮拜回日本，妳呢？」

「我月底回加拿大，好像時間差不多喔。」

「以後，應該沒機會碰面了吧？」他歪頭，有點惋惜地說。

「好像是這樣……呵，緣分，看緣分囉。」

「嗯，看緣分。」他又笑了起來。

公車轟隆隆地來到，我們互相道再見。「石川，保重，祝你一路順風。」上了公車，我臉貼在玻璃上，猛對他招手。

他站在那，帶著笑揮了揮手。

我招著手，直到他消失在視線範圍外，才在大家的注目下乖乖坐好。手拿著他給我的滿天星，總覺得酸酸的，酸酸的。

回家後，我做了兩件事。

第一件事，我把鈴鐺從背包解下，換掛在我的紅色 POLO 書包上，讓它陪我上下課。

第二件事，我把「滿天星（NaganoNight）」從我的好友名單刪除。

石川離開臺灣的那天，我收到一束滿天星，很大束，大束到誇張的滿天星。表哥還一臉怪異地問我什麼怪人會只送專門陪襯的滿天星。

我敷衍他說是流行。

「幸福不遠」。

卡片上只有四個字。我淡淡地一笑，把卡片放入抽屜底下，隔著滿天星，我看見八月的豔陽。

沒錯，幸福就在眼前。

那跟在我身邊叮叮作響的鈴鐺就是最好的證據。

——〈滿天星〉，完

向日葵

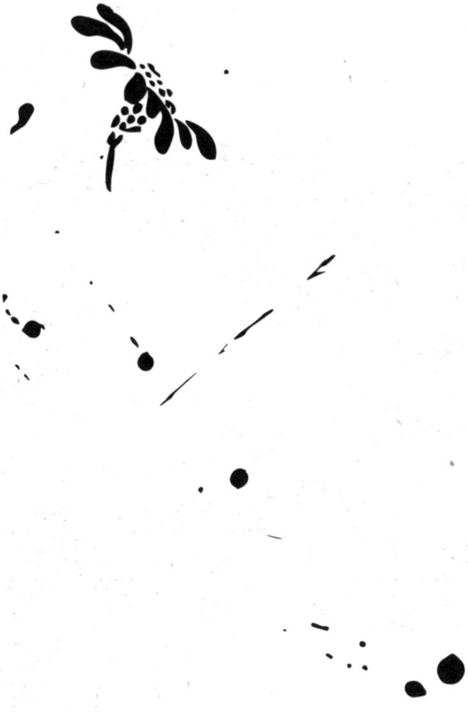

向日葵要的不是太陽的從天而降，而是他永不停止的溫暖

阿齊是我的鄰居，很近很近的那種。在同一棟大廈裡，他們家剛剛好就在我家隔壁。有時候追垃圾車，一起開門還會去撞到彼此。

大廈裡的每戶人家格局都是差不多的，而阿齊家剛好跟我家的格局完全相反。知道這個倒也不是我去過他家，而是我的房間給我的提醒。什麼時候發現的，已記不清楚了，不過好像是在很小很小的時候，晚上睡覺時，偶爾會聽見一些人說話的聲音。一開始還害怕到睡不著，後來漸漸長大才知道，那是隔壁鄰居電視機傳出來的聲音。有時候無聊，我還會故意貼近牆壁，想聽聽電視在說些什麼。畢竟在那樣的年紀裡，能在房間有自己的電視是個連想都沒想過的夢。後

來，那聲音消失了一段時間，經過了好久以後才又出現。隨著那聲音越熬越晚，我也習慣地陪著那聲音晚睡。漸漸地，我習慣了那電視機的聲音。有時候沒聽到隔著牆發出的聲音，還會睡不太著。

印象中，跟阿齊再度碰面的那個傍晚，正下著大雨，還有遲到的公車應景。雨很大，跑到騎樓底下時衣服幾乎從裡面溼到外面去了。我當然不敢用書包來遮雨，裡面的課本、筆記、考試卷，想來想去，可比一身衣服珍貴多了。

站在騎樓底下等公車雖然可以遮雨，卻有個壞處，那就是看不見公車。臺灣嘛，你也知道不遠遠地招手，它根本不會停下來。所以我只好每隔兩、三分鐘就探頭衝進雨中，看看公車有沒有在路的那端出現。

如此重複以上動作三、四次，我身上已經沒有所謂「乾」的部分了，從頭到腳連鞋襪溼得徹徹底底。好不容易公車在那頭以極緩慢的速度開來，而我也在大家的注視禮下溼答答地上車，每走一步就傳來「唧——」一聲，是布鞋灌了水的聲音，害我尷尬到不行。長長的一排水印子，隨著我滴水的衣服，滴滴答答地被我拉到了公車的最尾端。

艱難地扛著五公斤重的書包，握著看起來好像要斷的拉環。有一種天要亡我的悲哀。搖搖晃晃地搖到補習班，我又「唧——唧——」地一步一水印地下車，然後持續著這種古怪的聲音拖進了教室裡頭。

老師已經開始講課了，我只能選擇最後一排最角落的地方坐下。

有冷氣的補習班是很好的，只是對於我現在這樣的落湯雞，無疑只是雪上加霜。隨著空調拚命地吹，我只覺得鼻水快滴出來了。

「那個……同學，你有沒有面紙之類的？」旁邊坐著看起來已經睡著的男同學，即使向男生要讓我有些害羞，我還是試探性地問問。

他抬起頭來，怪異地看了我一眼，「妳怎麼淋成這樣啊？」他揉揉眼睛，一臉剛睡醒的樣子，不可思議地看著我。

「外面下雨。」我尷尬地笑了一笑，「很大的雨。」然後強調。

「我知道啊。這兩天不是都連續下雨嗎，怎麼不帶傘啊。」他邊說邊從看起來像新買的閃亮亮的書包裡拿出面紙。

「多謝，多謝。」我沒時間去細想你這個人怎麼這樣，我跟你很熟嗎？這一類的問題，趕忙摀住鼻子，恰好接到滴下來的鼻水。

「妳要不要去換個衣服？妳這樣會感冒啦。」他邊把面紙一張又一張遞給我，邊嘮叨著。

「不用啦，哈啾。」打了個噴嚏，「而且，我沒有衣服……哈啾，可以、可以換。哈啾，哈啾……哈、哈、哈！」

鼻涕接二連三，連臺上的老師也停下了口沫橫飛，關心地看著我，「李日葵，妳怎麼了？」

我還不及說話，就聽到隔壁的人說：「老師，她淋雨太嚴重了，正準備要去換衣服，不然會感冒。」邊說邊拿起旁邊椅子上折得彷彿是百貨公司陳列櫃上精品般的外套，接著塞給我。

「喔！李日葵快去換衣服啊，感冒就不好了。去去去，沒聽到的筆記等等叫阿齊給妳抄。」

這時候全教室的人都頻頻回頭看我。不想拉拉扯扯，我只好拿著莫名其妙的外套，走到廁所把冰冷無比的衣服換下來。

才剛回到座位，阿齊兄就把筆記本推到我前面，頭也沒轉地說，「這是剛剛的筆記，妳拿去用不用還，晚安。」語畢，他蒙頭大睡。

「晚……晚安？」我看著那排像在跳舞一樣的筆記，差點沒摸摸額頭看看我是不是燒壞腦袋。結果，不是我的腦袋燒壞了，很簡單的，我旁邊有個怪人。

很怪的人。

後來阿齊知道我這樣叫他，第一個反應是把剛剛買給我的思樂冰搶回去，然後罵我是無情的人。踱著身子氣呼呼走掉的樣子讓我笑了好久。

不過這個反應，遠沒有下一個精采。

我想他是生理時鐘已經設定好了，就在下課前五分鐘，他搔搔頭，醒了。

「快點收一收回家囉，晚上雨會下得更大。」他把拿來當枕頭的唯一一本課本放回書包，站起來這樣對我說。

「喔喔。」我是這樣無意識地回他。想起衣服該怎麼辦時，他彷彿也看穿了我在想什麼。

「衣服改天還我啦，走走走，要下大雨了。」

「你怎麼知道要下大雨了？聽外面聲音，好像雨變小了啊。」我跟在他後面，看著他兩、三層階梯一邁，問著。

「啊就跟妳說只要碰上下雨天，我一定會很想睡。而且雨越大，我越想睡。我現在眼皮快闔起來了，所以我保證等等雨一定很大。」

什麼？邊聽他說邊走到門口，我忽然覺著這樣的話很熟悉，卻又想不起來在哪聽過。

他走到騎樓口，摸了靠在門口花花綠綠的東西，砰的一聲撐開了俗稱五百萬的，很大、很大、很大的傘。

我眼睛幾乎要掉下來了。

天啊，怎麼會有人用這麼大、這麼大的傘，這幾乎可以架起來當路邊攤的遮陽傘了。

他也不管同學們的訕笑聲，走到紅磚上，回身的時候剛好站在街燈下。閃亮亮的光灑下來，更是顯出那把傘的巨大。

「還發呆，公車快來了啦。」我回頭，他這樣對我叫。

也許是他嗓門很大，雖然懶洋洋，卻很溫暖的感覺。我就這樣包著他的外套、拎著半乾半溼的上衣和五公斤重的書包，踩著依然發出詭異聲音的布鞋，乖乖地走到他身邊，跟他分享五百萬。

有了傘的照應，我們可以很放心地站在車牌下等公車，不用擔心它會突然呼嘯而過。劈里啪啦的雨落在五百萬上面，很大聲。

「喂……你，你雨傘幹嘛帶這麼大一把？不、不嫌重嗎？」本來是想說不嫌丟臉嗎，但是想想好歹我現在人也在他傘簷下，說話還是客氣點好。

「傘大好啊，妳看，一點都不會淋溼，我最討厭被淋溼了，溼答答的難過得要命。真佩服妳可以淋成那樣。重也還好啊，順便訓練臂力。啊……公車來了。後面一點，它肯定噴水。」說完他拉著我往後退。

果然公車停下來那瞬間，地上的積水濺了起來，前面爭先恐後想擠著先上車的同學全數中彈，哀號聲不斷。

他給了我一個看吧，我說得沒錯吧的表情，然後催促著我上車。

他收了大傘，跟在我後頭也上了公車，自在地往後排走去，一點也不在乎其他乘客用奇怪的眼光頻頻看著他手上的五百萬。

回程路上的雨突然變得好大，我訝異地回頭看他。只見他半瞇著眼睛，似乎又睡著了。

雨下越大我越想睡。

怪人。邊想著他的話，我邊在心裡重複。

快要到我的車牌時，我還是決定搖起他。「同學，我的站要到了喔，謝謝你的外套，我洗乾淨禮拜五還你，你別睡過頭耶。」我對著打哈欠的他這樣說。

他咕噥著喔好嗯之類無意識的單音節，然後站起來跟在我後面。

我想著不會吧這麼巧。

公車停了，下車了，雨停了，他的五百萬乖乖地收闔跟著主人。

第二個路口我轉彎，經過 7-11 又左彎，踏踏的雙重腳步聲讓我知道他還在後面。然後到了大廈的鐵門前。

管理員看著電視劇，卻還是不忘說聲阿妹妳補習回來啦，然後替我開了門。後面的人還是跟著。

不會吧也太巧了這一類的話一直跟著我跟著我，直到我按了電梯鈕，他也跟著我進了電梯。上升，到達五樓，開門，關門，我終於忍不住回頭了。

「同學，你、你一直跟著我幹嘛啊？」我在四扇門前停下來，這樣如果他是壞人，可以防止他知道我家是哪間（是不是亡羊補牢……）。

也就在這時候，他才停下腳步。猛然睜開眼睛，我才發現其實他不是瞇瞇眼，眼睛還滿大的。不過這不是重點。他睜開眼睛，一臉驚嚇貌，砰的一聲，本來穩穩握在他手上的五百萬大傘掉在地上。

「不會吧？」他指著我，「妳不知道我是誰？」

他看我沒反應，喊了一聲天啊，然後驚慌失措地說：

「我是妳鄰居，阿齊啊。」

「你不能怪我啊。」跟阿齊坐在停放在7-11前面的腳踏車上，我拚命地解釋。他老兄像隻賭氣的烏龜，縮在殼裡面不知道在跟誰生悶氣。

「齁，你牛喔。就說過了嘛，你不是搬去臺北幾年，兩、三年你長得如此勇猛健壯氣宇軒昂的，我怎麼認得出來嘛。」

阿齊喝著他的陽光綠茶，呼嚕呼嚕地代表他還在悶。「上上禮拜我明明跟我媽有去妳家拜訪啊。」

果然，他還在記恨這個。但是我還是擺出小狗樣，「唉唷，那天你們八點多來，我之前失眠了好久，睡著被我媽媽叫起來心情很不好又頭痛嘛，而且而且我又沒戴隱形眼鏡，你又不是不知道我是個大近視，沒戴隱形眼鏡怎麼可能認出你。好啦，別生氣啦，這綠茶算我請客。」我越說越精采，最後索性拿出飲料當誘惑。

「我剛剛已經付帳了！」阿齊瞪了我一眼，不過總算從他的烏龜殼裡探出頭來。

看著阿齊依舊有點臭的臉，我不禁傻笑了出來。阿齊回來了呢。我記得小時候我們上同一間幼稚園。兩個人也常常會到大廈中庭的小遊樂場玩耍，蓋沙堡。最常吵著他的就是央著他要娶我，而他也總是說著妳敢嫁我就敢娶啊之類的話。這樣的話到了國中停止了一段時間，不過兩人感情倒也沒有變，阿齊還是阿齊，活蹦亂跳的，早上總是比我早開門，然後就聽見齊媽媽在後頭念著「死小孩給我回來吃早餐」。鄰居的阿伯都會笑著說「小壯牛又要去操練了」。而我總是負起把早餐拎去給阿齊吃的重責大任。早上驚天動地的，中午他也沒閒著，我還在吃便當，就看見他熱血地往操場移動，大中午的，活像個小太陽，跟天上的那顆比熱情。

什麼運動我阿齊不拿手，他總是這樣說。我則說他臭屁。

國二下學期，阿齊轉學到臺北，原因是什麼倒也沒問過。生活少了阿齊，總覺得好像天上少了個太陽一樣。早上沒人乒乒乓乓地開門關門，沒人熬到三更半夜後還能透過牆壁聽見超級馬利歐的音樂聲。總覺得，安靜了很多。但是隨著聯考壓力，倒也慢慢地適應那面牆後的安靜。

然後就這樣安靜了一年半，阿齊又回來了。

「幹嘛考高雄的高中啊。」我總是愛這樣問他。

然後他就會臉色怪異地回答，「啊妳說咧？」

然後我就會笑，一直笑，笑得他再度罵我無聊然後轉身走掉。

半夜醒過來，突然覺得口渴，從廚房摸了可樂回房。窩在床上不自覺貼近牆壁，想聽聽隔壁有沒有什麼動靜。安安靜靜地，什麼也沒有。大概睡了吧，我這樣想。正想把喝到一半的可樂放到桌上倒頭就睡時，突然聽見電腦開機響亮然後又趕忙被轉小的聲音。我笑了出來，阿齊又在半夜偷玩電腦了。

沒什麼猶豫，我拿了手機撥通電話給他，果然手機的鈴聲讓那頭的人似乎手忙腳亂了一下，鏗鏘的不知道碰倒了什麼東西。這時候，又深深覺得老媽老是抱怨的隔音不好，還真是在某些時候挺有趣的。

「半夜不睡覺偷玩電腦哦！」手機接通後我這樣笑他。

「妳……」

「我睡不著啦，我們去中庭看星星。」星妳個頭啦，幾點了不睡覺看什麼星星。他是這樣吼著，不過幾分鐘以後，果然看見他躡手躡腳地打開他們家的鐵門溜了出來。而我早就拎著可樂坐在樓梯間等他。

阿齊穿著短褲襯衫，一頭亂髮。「現在幾點了還不睡啊？」

「你不也是一樣半夜還偷玩電腦，是不是在網路上抓什麼A片？」

「A妳個大頭啦，我是在看劇啦，怎樣？只有妳可以睡不著我就不可以喔，什麼跟……啊見鬼了，妳怎麼知道我開電腦？」他一路碎碎念，聲音在樓梯間回音不斷，然後才猛然想起重點似地轉頭問我。

「我沒跟你說嗎？」我把那半瓶可樂塞給他，看他喝著，才說，「我跟你房間是貼壁的，只要仔細一點聽，就可以聽見你房裡的聲音啊，我就常常聽見你電視的聲音。真好，房間有電視耶。」

「咳咳、咳……」阿齊硬生生被嗆到，拍著胸膛，口齒不清地問，「什麼？妳聽得見我房間電視的聲音？騙人、妳騙人！」他彷彿被雷劈到一樣驚嚇。

我笑嘻嘻轉頭，「對啊，所以以後你看迷片要小聲一點耶，不然嗯嗯啊啊的可會傳到我房裡來。」說完我大笑。

阿齊臉都紅了，像黃昏的太陽一樣紅通通的，他邊掩飾邊說什麼嗯嗯啊啊的別說些五四三，然後不自然地在中庭的鞦韆上硬是把自己的屁股擠進去，撇頭不看我。

「啊，你看流星！」我指著天空大叫，果然引起他的注意。

「騙你的，」我笑著說。他低頭瞪我碎念了聲神經病。

「真想看流星啊，有天帶妳去旗津看。」他輕輕晃動鞦韆，然後這樣說。

「好啊好啊，」我笑，「下禮拜吧，好天氣哦，會有很多星星。」我跳下鞦韆，爬上看起來快垮了的溜滑梯。

「喂，阿齊。」

「幹嘛？」他看著我。

「先說好咧，以後我要是沒人要，你要負責接收喔。」

「好啦好啦，接收就接收啦。」他說著，站起來到滑梯的下方，「下來啦，幾歲了還玩這個，壓壞了妳要賠啊。」

「壓壞你的頭，」我笑，然後用力往前，滑了下來，「呀齁──」

「別叫了啦，半夜幾點妳要嚇人啊？」阿齊說著，把我從滑梯上拉了起來。他的手暖暖的，即使在有點寒意的深夜，也像個小太陽一樣。

我們聊著天，直到夜已深、天肚都泛白了，我才揉著眼睛，邊在阿齊的催促下上樓。他說快點回去不然被妳媽知道就慘了，我問他，這樣像不像偷情？他瞪我，然後又罵了我神經病。

晚安，關門前我說。

早安了啦，阿呆。阿齊說。

我笑了出來。阿齊回來了，真的很好，很好。

然後那個星期天不是好天氣。雖然阿齊從早上就一直拚命說服我會下雨，晚上一定會下雨，甚至要我去他家看看他瞇成縫、一臉熊貓樣很想睡的瞇瞇眼。

「抗議無效。」我擺手，「總之我要去旗津吃海鮮！」

「不是看星星？」阿齊反問我。

「都好啦，星星海鮮一起吃。」我把手機換邊，繼續哇哇叫。

「星星不能吃啦。」阿齊故意裝無辜。

「齊日陽你再在雞蛋裡挑骨頭，我就揭人蓋你布袋！東區大姊在這說話你敢不聽？老婆子吃砒霜活得不耐煩了嗎？」我邊笑邊罵，然後阿齊在那端爆笑了出來。

好，東區大姊，小的現在就三跪九叩到妳門口迎接妳。他說著，我聽見他開門的聲音，我笑了。走到門前打開鐵門，果然看見阿齊拿著手機，一看到我，就做了個甩袖的動作後單腳跪了下去。

我拿著手機笑了出來，聽見阿齊的聲音從電話裡傳出來，「大姊這樣滿意了嗎？」

「你神經病啦，都見面了還用什麼手機。」雖然這樣說，我這些話卻還是對著手機說。

「好啦。」阿齊收了手機，站起來，然後指指自己的眼睛，「我真的超級想睡的，不蓋妳，今天肯定下大雨。」

看著他的瞇瞇眼，我終於被他說服了。不過阿齊倒也沒讓我失望，那個下午開始滴滴答答，先是毛毛雨，到了傍晚，滂沱大雨從天而降，加上轟隆隆的大雷聲。

阿齊你真厲害啊。

早就跟妳說我比氣象臺還準了。一起看著窗外的大雨，隔著一面牆，我們用手機這樣跟彼此說。

月底的時候，阿齊約了他們班的男生，說要去旗津玩，順便帶我去看星星。我問他，幾個大男生夾著我一個女生不會很詭異嗎？阿齊想了想，叫我也約班上的女生，乾脆趁機辦個小聯誼，解救他們班哈女友哈到望穿眼的曠男。我告訴他，我們班女生不是怨女，而且我也不想推朋友入火海。那就帶妳的仇人來吧，他這樣下結論。

那天人不多，十來個。剛好六男六女。傻男們的鑰匙丟進了安全帽裡，女生開始心花怒放地抽著。還好阿齊的朋友各個都還算人模人樣，不然好好的旗津一日遊可能會導致很多慘案。

我拿了倒數第二把鑰匙，是誰的不知道，倒是知道不是阿齊的。

「這是誰的啊？」美玉舉著我很眼熟的車鑰匙這樣問著。

苦主，啊，我是說車主站出來自首。就看她眼睛一亮，高高興興地去染指阿齊的機車。

「同學，同學看這邊。」我的視線被人給叫了回去，抬頭看見斯斯文文的男同學站在我前面。

「同學妳這樣不行喔，手拿著我的鑰匙然後眼睛往那邊望。」

「啊，啊啊抱歉。」我幹嘛道歉啊？但是還是道了……

「呵呵，同學好。我是樊御中。」

我是李日葵。我輕輕地說著。

「啊，向日葵對不對？好棒的名字啊。」樊御中這樣稱讚著。

大夥浩浩蕩蕩地往旗津出發了。決定享受一下原始的過海工具，捨棄了海底隧道，往渡輪港出發。渡輪也是晃啊晃地往另一頭開去，我站在甲板上吹風，然後阿齊在那頭看見我，離開機車溜到我身邊。

「怎樣，老樊騎車應該很穩吧。」

「滿穩的啊，很安全啦。」

「哦，那就好。我還擔心妳會暈車咧。」阿齊轉著鑰匙圈這樣說。

「哪有人在暈機車啊。」

「哪知道，就關心妳不行啊？」惡聲惡氣的。

我笑了出來，這是什麼關心啊你，比地下錢莊還惡劣。阿齊咕噥著反正妳知道就好。談話到此結束，美玉從那頭到我們這失物招領，把阿齊給領回去。樊御中也上來跟我聊天。沒過多久就接近港口，大家紛紛回車上。

好幾十臺摩托車發動，烏煙漫布的。船一到港，一臺臺的車噴著氣，回到黑亮的柏油路上。奔馳著，我們先去吃了海鮮。大螃蟹、大蝦子的，男生紛紛說晚上會嚇嚇叫，女生則笑著說討厭。後來叫太多了，大家你看我、我看你的，玩起猜拳。剛好怎麼輪都是我輸，害我看到螃蟹腳都想吐。阿齊還沒來得及解救，樊御中倒是先跳出來。

「來來來，我護駕。」他說著，然後開始幫我吃碗裡的蝦子和螃蟹。

男生們哪堪此景，只要輪到他們的女伴輸了，就豪氣萬千地擋了下來。我聽過擋酒的，今天倒是頭一回看到擋蝦子、擋螃蟹。玩到後來，我們女生們都閒閒地負責聊天，六個大男生倒是拚起命來啃蝦子。吃得滿臉通紅，笑翻了一票人。

留下疊了滿桌的殼，我們往海邊移動，男生們像瘋了一樣，光著腳丫在沙灘上亂跑。踢了鞋子，我也捲起褲管踩著海水來玩。阿齊拿出扁扁的海灘球，漲紅著臉，在短短幾十秒內把球吹了起來，一臉「一夫當關，萬夫莫敵」的氣派喊著誰敢跟我比排球。

三男三女的分好，開始沒規則性地玩起海灘排球，白紅相間的球完全失去控制地亂飛。後來往海裡掉，男生也不管了，直接往海水裡撲，全身溼得像頭跳進池塘的拉不拉多，然後驕傲無比地拎著球回來。

全身弄得髒兮兮的，男生一開始很帥氣的頭髮亂了，女生美美的妝花了。不過這不打緊，氣氛倒是很熱了。一早的什麼矜持、紳士都隨海浪漂走了。

熱呼呼地叫了聞名的「海之冰」，比臉盆還大的刨冰送上桌。大口大口地吃冰，吃不完的就和海鮮一樣，猜拳輸的挖一大湯匙，結果又回到男生替女生擋的場景。老實說，今天暴飲暴食的男士們，我很替你們晚上肚子的狀況擔心。冰吃完了，天色也漸漸暗了下來。

也不知道是誰提議各自帶開這種鬼玩意。本來聚在一起的十二個人，兩人一小組地帶開。有些人是照著早上的機車拍檔帶開，有的則是中途另嫁他郎，我似乎還看見兩個男牽著手離開，害我差點腐女上身大喊 play one。

我跟樊御中聊得倒挺好的，不好意思半途請他走路，也就隨著遊戲規則跟他走。

看見美玉拉著阿齊往沙灘走去、擦身而過的時候，阿齊沒有說話，只是盯著我看。我回頭，他還是看著我，直到美玉再度叫他才撇開視線。

其實也沒什麼好曖昧的。各自帶開只是染個氣氛，我跟樊御中還是跟大夥在一起那樣，什麼都聊。兩人並肩坐著，他手也沒亂跑，我心也沒亂加速，自然得很呢。

「原來妳跟阿齊是這麼多年的鄰居啊。」樊御中笑著說，「他喔，在高中出鋒頭得很，個高又壯，一堆女生喜歡他咧。活蹦亂跳的，也不知道哪來的活力，像個小太陽似的。」

「像個小太陽似的。」最後一句話我跟樊御中不約而同地說了出來。

他楞了一下，然後哈哈大笑。「哈，不愧是鄰居啊。果然心心相印。」

「什麼心心相印啊，無聊。」我笑了出來。

「不過他在班上綽號真的是太陽啊，不然就是阿波羅。」樊御中笑著說，「妳剛好叫李日葵，嘿，妳說巧不巧啊。」

「無聊啦。」我只能這樣傻笑回答他。

後來天黑了，星星都出來了。亮晶晶的，真的是一閃一閃地掛在天空。突然間，口渴了起來。問了樊御中要不要喝些什麼，我站起來拍拍身上的沙子，準備去對街的便利商店買飲料。

走過沙灘、來到公共涼亭的時候，剛好也看見阿齊從另一頭走過來。我在涼亭等他，他也發現了我，轉個方向往我這邊走過來。

「聊得愉快嗎？」我揪著他賊賊地笑。

神經病，他還是瞪我，這樣回答我。

你看，星星耶。我指著天上閃亮亮的星星笑著對他說。阿齊沒有回答我，也沒有抬頭，只是楞楞地看我。

「看什麼呀你，呆牛。我要去買飲料了，要不要一起去？」

阿齊點點頭，跟在我後頭，一前一後進了商店。我挑了兩瓶鮮奶茶和一瓶綠茶，阿齊拿了一樣的東西。雙雙結帳，又一前一後地出商店，在街燈下拉著兩條長長的影子走回沙灘。

經過涼亭的時候，我又抬頭，然後大喊著，「阿齊阿齊，你看你看，流星流星耶！」我指著劃過天際的一抹白，興奮地大喊。

「真的看到了，真的看到了。好棒喔，阿齊！」我拉著他，喊著。

「怎麼不出聲呀，你看到了嗎？齁，我知道了你一定錯過了，豬頭……幹嘛啦。」我看著他傻楞的樣子，收了笑容，問他。

「有啦，我有看到。」他慢吞吞地回答。

「你有許願嗎？慘了，我沒有，都是你害的。害我忘記要許願，只顧著叫你看。」我拍拍腦袋，哀號著。「不跟你說了，我回去了，嗚嗚我的流星。」我轉身準備回去。

猛然，阿齊抓住我的手把我拉住。我正想轉身問他做什麼，一轉身，他貼了過來，然後一股熱氣撲面。

阿齊吻了我。

輕輕的一吻，他退了開。

我連眼睛都還來不及閉上，只覺得溫溫的，柔柔地一掃。

我看著阿齊，阿齊看著我。

他有點尷尬地開口，「那、那、那晚安。」說完，他轉身，彷彿被鬼追一樣地拔腿而跑。

我楞了三秒鐘才爆笑了出來。

笨蛋，晚安你個頭啦，要說愛妳啦。

也不顧旁邊有別人，我對著跑掉的他大喊。

大學考試放榜以後，確定自己有學校可念，我決定好好花一筆錢去國外看看。邀阿齊一起去時，他先是問我去哪，我說加拿大啊，溫哥華卡加利還有多倫多。他說，那地方冷得要死而且又會下雨，不去不去。

「冷你個頭啦，現在七月耶。我又不是要去北極！」我追著他打籃球的身影跑，好笑地問著。阿齊則是賣力地跑操場運著球，一句話也沒說就把我遠遠地甩在後面。看過去，活力充沛的他好像又在跟太陽比熱一樣，大中午的，真是受不了。

回到家把行程表再拿出來，我預計到加拿大兩個禮拜。溫哥華嘛，小表哥一家人在那邊，至於卡加利，倒是前天才決定的地方。會決定去卡加利倒也是天外一筆，小學有個同學在國中時移民加拿大，也沒什麼聯絡的。只是前幾天去她家診所拿藥，順道和她爸爸聊到了要去加拿大自助旅行的事情。這一問，就把電話跟住址都問了，前天和她通了電話，她在那頭喊著好啊快來我無聊得快死掉了。加了她的ＭＳＮ，本來以為小時候就移民的她應該中打會很慢，誰知道劈里啪啦的速度連我都追不上，問她怎麼練的，她只給了一個很尷尬的笑臉，轉移了話題。

晚上接到了通電話，是樊御中打來的。自從那次聯誼以後，我們還保持著聯繫。阿齊嘴上沒說什麼，卻感覺到每次只要提到樊御中三個字，他的神經線就會繃緊起來，說話前後不接的。

「嘿，猜猜我暑假要去哪。」樊御中這樣問著。

「去哪？」

「去美國遊學啦，哈哈。羨不羨慕？」他得意地說著。

「是喔，那你猜猜我暑假要去哪？我要去加拿大耶。」

「不會吧？這麼巧？」樊御中說。

「哪裡巧了啊，你美國我加拿大，差很遠很遠的。」

「都一樣是北美洲啦。電話拿來，到那邊跟妳聯絡。」最後樊御中這樣說。我把小表哥家還有同學家的電話給了他，雖然不知道要電話做什麼。

出發前一天，阿齊約我去文化中心附近的木瓜牛奶大王吃簡餐。

「行李都弄好了嗎？護照辦了？簽證辦了？」阿齊邊吃著飯邊問。

「早弄好了啦。活該，叫你跟我去就不要，現在窮擔心什麼。」我啃著熱狗，反問他。

「齁，我暑假有報名登山啦。而且我哪知道妳是說認真的，說去還真的去。真是的，我要上臺北了耶，搞不好妳回來我已經在臺北了。到時候看誰請妳吃飯，當妳的免費司機。」

「樊御中啊。」我大笑了出來。

阿齊差點把口裡的白飯噴出來，他狼狽地拿起面紙擦嘴，還不忘用瞇瞇眼瞪我。沒錯，瞇瞇眼，因為外面烏雲密布的。我想若不是我明天就出發，他這傢伙打死也不會選擇今天會下雨的天氣約我出來。

「妳跟老樊什麼時候感情這麼好？」他問得支支吾吾。

「虧你啊，那次聯誼以後我們感情突飛猛進。三不五時就電話聯絡感情一下，他找我的時間可遠比你老大找我的頻率還高哩。」我笑咪咪地回答，看著阿齊不太好看的臉色，心情沒緣由地大好起來。

「我就知道那傢伙想追妳。」阿齊悶著說，然後開始很大聲地呼嚕呼嚕地喝著木瓜牛奶。

喂喂我跟你說，我跟樊御中只是朋友而已，別亂想嘿，笨蛋。戴著安全帽，迎著風，我口齒不清地對著阿齊說。

妳才笨蛋啦，反應遲鈍，笨蛋。阿齊的聲音被風吹散，悶悶地透過他的胸膛傳到後背。

他的背暖暖的，迎著風，讓我想到小太陽。即使烏雲密布，懷裡好像抱著太陽一樣，暖暖的。

隔日在小港機場，阿齊拿了一個盒子說是給我的生日禮物。反正妳生日要在國外過了啦，這給妳到飛機上再拆。說著硬是把東西塞到我懷裡。

什麼嘛，又不是這一去就不回來了。我在心裡嘀咕著。

「妳回來我大概就在臺北了，有事情打我手機啦。」阿齊送我入海關的時候，這樣說。

好啦。我會去臺北看你的。

一路順風耶，李日葵。他說。

你也是啦，笨阿齊。我這樣說，然後被他打了一下腦袋。

阿齊送我的東西，我很乖地等到華航往加拿大的大客機飛上空以後才拆開。小盒子裡裝著是一條手鍊，是用大大小小太陽拼成的。這個三八鬼，我笑了出來。然後把鍊子掛在手上。阿齊給我的卡片裡頭還夾著折起來的信。卡片很公式化地寫著祝妳十八歲生日快樂，歲歲有今年，年年有今朝。

打開信紙，阿齊很大的字印入了眼中。

喂，日葵，

生日的話說完了，接下來要跟妳說正經的話。

跟妳說啦，其實我本來要陪妳去加拿大的啦，只是護照沒辦下來，又有什麼役男有的沒有的問題，拉里拉雜的到最後就沒下文了。

去加拿大好好玩啊，多拍一點照片給我看。回臺灣，記得到臺北來找我嘿。妳回來的時候應該還沒開學啊，我可以帶妳到處去走走啦，什麼的。啊妳不是說想去淡水，我會先幫妳探好路啦。

然後就是旅途平安，鍊子好好收著，我可是找了很久很久的。

還有啊，跟妳說老樊要追妳的事情不是開玩笑的。不然妳以為他幹嘛在知道我要上臺北以後，放棄了北部學校留在高雄啊？可惡！真是交友不慎！反正回來再跟妳說細節啦。

最後啊，好好玩，但是別跟洋鬼子跑了，這樣我會比妳跟老樊跑了還要幹的。

我笑到差點岔氣，忍著笑把信跟卡片都收好。樊御中追不追我，是他的事情。開玩笑，我可是向日葵哪。而太陽就那麼一個。

唯一的一個。

飛機飛過太平洋，我睜大眼睛想看傳說中的換日線。但是每每偷開窗戶，空姊就不知道從哪裡冒出來，說小姐不好意思請妳關窗。如此重複幾次，我也只好放棄，看了幾頁金庸，頭暈啊，暈著暈著居然就這樣睡著了。

迷迷糊糊地被叫起來用了餐，飛機晃呀晃地緩緩降落，打開窗戶，那是一片很平很平的地，沒有什麼高樓大廈。綠綠的一大片，有山有海的。我瞇著眼睛，看著窗外，啊，離家半個地球了呢。想著，不禁傻笑出來。

到了溫哥華的小表哥家，除了打電話回家道平安，也趁機打了電話給阿齊。接通響都還不到一、兩聲，那頭的人就接起電話了。

「喂，到了啊。」阿齊的聲音隔著一個太平洋傳過來。

「怎麼知道是我？」

「啊就一直在等妳電話啊，怎樣，妳們那邊幾點了，妳累不累啊？」他一直問，我沒有回答，只是傻楞楞地笑著。

「啊怎麼都不說話？」阿齊聽我沒吭聲，又急急地問。

「你都一直在等我電話喔。」我傻笑地問他。

阿齊悶了一會才說神經病啦，自己在外面要保重有事情打電話。短短地交代幾句，國際電話貴呢，我們就收了線。

加拿大夏天的太陽掛在天空好久啊。晚上都將近十點了，還是一片白亮白亮。我窩在表哥家的小陽臺，摸著剛剛收買的拉不拉多的頭，望著天上的太陽。

不知道，在地球另一邊，那顆小太陽現在在做什麼呢？

在溫哥華待了將近十天，期間還去了維多利亞島、美國西雅圖，當然，溫哥華本省大大小小，表哥都帶我踏遍了。然後第十一天，我把行李打包好，搭著飛機往下一個目的地出發。

卡加利。據表哥說，那是一個小城市，小……嗯，其實我也沒什麼聽過。他後來尷尬地結束這一回合。

卡加利的上空比溫哥華更平了。高高往下看，幾乎看不到什麼建築物。而在飛機緩緩轉彎以後，我才看到在一片枯平之間，有座像沙漠綠地般突顯的城市。

想到分隔將近要十年的國小同學就在這個地方居住，而且馬上就要看到她了，本來昏昏欲睡，精神一下好了起來。

飛機沒有延誤。好，很好，太好了。

我拿著兩瓶可樂，看著機場的飛機時刻表，對於沒有延誤的班機高興不已。李日葵呀，可是我小時候的同班同學。雖然小時候跟她不是姊妹淘，功課也沒她好，舞也跳得沒她棒……等等怎麼越想我越怨恨起來。

不行，我趕忙擦掉記恨的部分，回憶起在MSN上的甜蜜對話。我想，人就是這樣，小時候手牽手的好姊妹在長大以後不一定會聯絡，而沒有聯絡的，反而會在很多機緣巧合下再度聚在一起。這不就是了嘛，小葵可是千里來看我呢。

想到這裡，我得意了起來。也好，夏天已經來了一段時間了，我卻覺得今天的我才真正感覺到一點溫暖的氣息。

我邊回頭確認小馬有沒有找到手推車，邊跳著往前看那端的電扶梯有沒有小葵的影子。遠遠地，我看見穿著白衣向日葵花樣還有牛仔褲的小葵。她幾乎沒有脫離小時候的樣子，還是漂漂亮亮的。

「小葵喲——」我從她背後叫著，她回頭看見我時，先是楞了一下，然後才認出我似的笑了出來。

「哇，洛心妳變好多啊。」我們抱著、笑著，她一邊說著。

我把手上的可樂塞給她，希望咖啡因可以幫她消除一個小時的旅程疲勞。這時，小馬也推著手推車從後面冒出來。他很認分地把小葵的行李提上手推車，我們三人便往停車場走去。

「小葵妳累不累啊？應該沒時差了吧？不過也不能有時差了喔，我們要直接帶妳去玩。」我踏進車子，邊回頭對她說。

小葵睜著大眼睛，「不會吧，不先回去放行李之類的嗎？」

「嘿，妳剛好趕上我們的 stampede，那個……叫做牛仔嘉年華會吧。很熱鬧喔，卡加利的名產耶，所以一定要去。」

小馬邊開車，邊笑著說，「是啊，這一年才一次。而且每次舉行的時間只有十天左右，今天剛好是最後一天，妳恰好趕上，一定得去看看。」

「啊，真的嗎？」小葵把頭靠近前座兩個座位間的空隙，也有點興奮地問。

「真的啊！對了，小葵這是小馬，我高中同學哦。」我指指小馬，幫她做了遲來的介紹。

到了會場，果然是最後一天，加上大好的天氣，人簡直多到爆。幸好小葵從臺灣來，對於這樣人擠人的場面一定見怪不怪。我們三人站在會場門口，拉長脖子，就是看不見其他約好在這見面的朋友。

「小馬妳跟小葵在這等等，我去找他們。」

「洛心妳還有約人啊？不好意思耶，為了我把妳的朋友都找出來，好像很麻煩似的。」小葵不好意思地說。

「不會啦，」小馬笑著替我回答，「洛心也好久沒這樣開心過了，還要感謝妳來看她，不然她都一直笑不出……唉唷，別踢我。」

我踹了小馬一腳要他閉嘴，「別說些五四三的，看好小葵，我去找小米她們。」邊說，我邊瞪小馬警告他。

小葵看看我，又看看小馬，似乎有點疑惑卻沒問出口。不知怎地，她沒問，我覺得輕鬆多了。

繞了一大圈找到了小米她們。五、六個人就殺進會場，準備好好玩他一天。我們帶著小葵看騎牛比賽、追小羊比賽，還有賽迷你豬。又在小馬半拉半推下一起上了自由落體，我看我們兩個的尖叫聲大概是全車最大的，惹得工作人員一直問我們有沒有怎樣。後來還玩了一個把人甩來轉去的怪玩意，下來以後，小葵說她胃快翻出來了，我覺得我也差不多。

最後一攤人累得差點沒用爬的回去。回到家，我想小葵大概累暈了，幫她鋪好床，叫她早早洗澡完以後好好睡一覺。然後我自己就軟著兩腳爬回房間摸電腦。

半個小時後，小葵敲了敲我的門說她睡不著。

「不累啊？我以為妳會死掉。」我轉了椅子笑著對她說。

「還不累啦，我們聊聊天，培養感情一下。」她也笑著說。

我跳下椅子扔了一個枕頭給她，下樓泡了壺茶，兩個人像老人一樣窩在床邊促膝長談。我想我是太思念臺灣了，拉著她問了一堆臺灣的事，聽得津津有味。

小葵好奇地問我，妳怎麼啦？一直問臺灣的事情，加拿大不是很好嗎？空氣好、風景漂亮。我只是笑著，我想，有些事情是說不完的，也說不清楚的。

後來小葵像想到什麼一樣拉住我，笑得賊兮兮地問，「老實招來，妳和那個小馬……嘿嘿。」

有股情緒衝到我心頭，卻又很快地壓下去，我還是笑著，做了一個念佛的動作，「施主，貧尼已經不問紅塵事了。阿彌陀佛。」

「施主妳個大頭啦！」小葵笑得可高興。

怕她又把話題繞回我跟小馬，我趕忙反問，「那妳呢妳呢，有沒有梅開好幾度啊？太陽照著妳這朵嬌嫩花正開的向日葵。」

小葵臉紅了一下，然後拚命搖頭說沒有啦想太多了妳。我膩著她，這種舉動根本是此地無銀三百兩。

「齁，小氣鬼，快說快說啦，誰誰誰，叫什麼名字。」

「唉唷，叫阿齊啦。那個就妳知道我鄰居啊。我記得有一次我們發表會他有來看……哎呀，小姐妳那什麼眼神啊，我們什麼都沒有啦，八字都還沒一撇。」

發表會，阿齊？我印象中好像有這麼一回事。「就是沒一撇才好玩啊。」我拍著她說，「沒有一撇的時候啊，是最曖昧也是最甜蜜的時候。這個時候我覺得最重要了，是要呢還是不要呢，該進呀還是退呀，心頭小鹿總是亂撞亂跳的……」

小葵先是一楞一楞地聽我說，然後哈哈笑了出來，「小姐，妳寫小說啊，說得跟真的一樣。」

「我是在寫小說啊……啊，」意識到自己說漏了什麼，趕忙彆腳地想轉移話題，「啊啊我是說今天天氣真不錯。」

「寫小說，小姐妳寫小說啊？我要看我要看我要看。」她耳朵突然靈光了，高興地叫著，然後丟了我的愛心枕頭跑到我電腦前面，嚷著要看小說。

我跟她拉拉扯扯了好久，終於拗不過她，有點不甘願地把檔案開給她看，邊開邊警告她不准笑啊不然把妳從窗戶丟出去。

小葵很專心地看著我的小說。然後邊看邊唸，啊原來〈小雛菊〉是妳寫的哦，難怪景那麼真，高雄人嘛。我趴在桌邊，看著她坐在電腦前看著我的小說，總覺得有種說不上來的怪異。

小葵後來說，洛心啊，我真沒想到妳後來會寫小說呢。

我說，小葵啊，我也沒想到妳會跟阿齊有一腿。

然後兩個女生互瞪，又一起笑了出來。

那個深夜，我們窩著同一條棉被，聽著小葵跟我說她和阿齊的事情。我喜歡寫故事，可是很多時候，我更喜歡聽故事。

小葵後來又跟我說，洛心啊，我怕，大家都當朋友這麼久了，會不會應該就這樣一直下去就好，但是我跟阿齊又好像不是這回事啊，總覺得我們應該……不只是朋友的。

聽著她的話，我想到自己。想著想著，我沉默了很久，沉默到，我想小葵一定以為我睡著了。後來我才輕輕地說，小葵，妳有沒有看過夏飄雪。

她問，什麼是夏飄雪。

我說，那是夏天下的雪。

她問，這和這有什麼關係嗎？

我回答她，好像沒關係又好像有關係。但是，我想如果妳看過夏飄雪，就可以更明白，有些關係是註定的，要聚，要離，都是註定的。所以……我覺得妳跟阿齊會不會在一起也是註定的。但是註定不代表認命喔。註定代表把握每一刻，然後珍惜每一個相處的時間，過程，我覺得啊，會遠比結局來得刻骨多了。

小葵很安靜地聽我說，然後轉頭看看我。她說洛心，我覺得妳變了呢，跟小學差好多好多、好多……

我回答她誰不會變，對不對。

她點點頭，靜靜看著我，我也看著她。我忍住不哭，然後她也沒問為什麼我掉眼淚。

我想，都是獅子座的女生吧，我覺得，她應該懂我的意思了。

後來小葵離開卡加利的那天，我告訴她，卡加利還有另外一個奇景她沒看過喔，那就是夏天會下雪呢。我跟她說改年一定要來看這夏飄雪。

她笑著說好，然後她會揣著阿齊一起來看。

她說卡加利的太陽好溫暖啊，又長，真喜歡這裡的陽光。我則笑著告訴她，算了吧，這裡太陽再大妳也不會眷戀的，因為妳有個小太陽在海的另一端等妳對不對？

小葵笑著，眼波轉啊轉啊。說，是啊，我的小太陽在等我呢。

✺

大二那一年我上了臺北。阿齊搬離學校的宿舍，自己跟朋友在外面租了公寓。小小的套房，倒也是滿舒適的。

阿齊抱著電腦在玩ＣＳ，轟轟轟的。我窩在他床上，翻著他過去一年的相本。他的頭髮削短了，看起來更有活力。北部的太陽好像比南部大一樣，整個人也晒得黑黑的。

「喂，我餓了啦。」我拿枕頭丟他，正中他腦袋。

他反手把枕頭塞到背後，然後關了電腦。「走，吃飯去。我帶妳去淡水吃阿給還有酸梅湯。」

淡水人真是有夠多。人擠人的，我得拉著阿齊的襯衫衣角才沒走散。走沒多久，阿齊停住了腳步回頭看看我的手，然後搔搔頭。

喂，妳在幹嘛啊？他問。

防止走失啊！我抬頭，理所當然地回他。

他嘆了一口氣，把我的手拉掉，轉握在他暖和的手裡面。這樣可以了吧。他轉身走，邊走邊故作鎮定地問。

可、可以啊。我也是輕鬆地回答，心卻跳得很快很快。

我們的手沒再分開過，當然，除了吃阿給時得拿筷子、拿湯匙。天氣熱，他狠狠地灌了三大杯酸梅汁，我笑他是頭牛。到了傍晚，我們坐公車去了漁人碼頭。遠方一點一點的燈光，我說那像不像星星掉進去海裡？阿齊則是說我日劇看太多了，那說不定只是垃圾塑膠袋的反光。

臺灣最美的風景喔，啾咪，阿齊這樣調侃地說。

趴在欄杆上，我抬頭看著天上的星星，然後想起高中那次的旗津之旅。那顆流星，還有那淺淺的吻。

「啊流星啦！」我指著天上大叫。

「哪啊，哪？」阿齊抬頭猛看黑壓壓的天空。

「這裡啦。」我笑，抱住他，效法他一樣輕輕地吻了他。然後笑了笑，紅著臉溜掉。

阿齊在那楞了好一會，才想起要來追我。

後來他送我到阿囉哈車站的時候，我在上車前突然想起某件事，冒著會被拋下車的危險拉著阿齊問，「喂，你房裡的向日葵人造花是怎麼回事？」

阿齊催促著我上車，不然要趕不上了，「等等我打手機跟妳說啦，先上車，快上車。」也不知道是天氣熱還是怎樣，他臉紅了起來。

車子行駛上交流道沒多久，阿齊果然打電話過來。

向日葵啊……啊就向日葵啊。他支支吾吾的。

向日葵怎樣啊？我憋著笑，一定要他親口把話說出來。

厚，妳很笨啦。啊妳叫李日葵就是向日葵啦，放著提醒我這顆太陽是為誰發亮啦。他幾乎是用吼的。

你才笨啦，羞羞，把自己比喻成太陽。我縮在座位上，顧不得旁邊乘客詭異地看著我，狂笑了出來。

李日葵妳夠了！阿齊懊惱地大叫。

大三的十一月，阿齊週末回到高雄。去接他的人除了我，還有樊御中。這兩個哥兒們，一見面就把我丟在後面，講起即將來臨的亞洲棒球聯盟。吃完飯道別的時候，樊御中拿出兩張比一般普通照片還大的相片出來，分別送了我跟阿齊。

回家時，我把照片拿出來看。日期是三年前的七月。那是一張向日葵花海，菊黃色的向日葵，一大片一大片的，正中央還可以看見黃昏日落的太陽。

翻過照片，上面是樊御中的字。

日葵，

記得我去美國時有說要聯絡妳嗎？後來不是都作罷了？

原因就是這一片向日葵花海。

那天我在那條公路上坐了很久，就這樣看著花，然後拿著相機把三十六張底片全部拍完。看著太陽和向日葵，我那天終於明白，你們是屬於彼此的。

因此我把這張我覺得最適合你們、也最漂亮的，放大各送了你們一張，而為什麼會到今天才拿出來呢？很簡單，因為事隔了三年我才釋懷。釋懷「妳不會是屬於我的」這件事情。

好，我知道妳一定覺得我是世界深情美男子，不要可惜了。好好把握妳的太陽吧。

樊御中

臭美，我在心裡這樣說。然後眼眶熱熱的，把照片壓在桌墊下。謝謝你，樊御中。

那天晚上，阿齊跑到我家來聊天，我問他樊御中給他的照片後面有沒有寫什麼，他說有啊，寫著什麼「向日葵要的不是太陽的從天而降，而是他永不停止的溫暖。」，妳說夠不夠讓人有聽沒有懂？阿齊一臉納悶地問我。

我笑他不解風情。

「妳在跟誰聊天啊，MSN一直響。」阿齊放下我的金庸，走到我身邊問我。

「還記得我三年前去加拿大嗎？」我邊打字邊問他，「我有去找我小學同學啊，洛心，知道嗎？她現在有在寫小說，有出書喔。」

「真的還假的？」阿齊好奇地看著我跟洛心的對話框。

「真的啊！知道〈小雛菊〉嗎，就是她寫的耶。」我在對話框裡打著「等等喔，阿齊在我旁邊」。

「靠，不會吧！」阿齊指著電腦，「騙人啦。那個是妳小學同學？那篇文章我們班那時候至少傳了十幾次。」

「真的啦，哈哈。」我敲了阿齊的頭。

「那，那妳跟她在聊什麼啊？」阿齊索性蹲下來，頭靠在桌旁看著我跟洛心的對話。

「她說啊，她十一月要交篇稿子出來，現在想到頭大啦。」

「那，那妳又不能幫她。」

「她說可以啊……」我回頭靠著阿齊的肩，「她說她剛好要寫『向日葵』這個名字，所以想寫我們的故事耶。」

「屁……屁啦。」阿齊粗魯地說。

「齁，你很沒水準耶，我要跟她說。」說完，我開始在對話框裡打下，「洛心，阿齊說屁啦，所以我看妳不能寫了」。

洛心那邊頓了頓，然後跳出一句話。「阿齊哥，我給你跪啦。給我寫吧，不然我要三跪九叩叩到臺灣給我編輯請罪了」。

「你看你看，人家要給你跪了，你怕不怕折陽壽啊。」我笑著問阿齊。

阿齊尷尬地笑，然後逃離了桌邊，再度拿起他的金庸。「寫、寫就寫啦。真受不了妳們女生。」他頭也不抬，按著金庸這樣說的。

「耶，洛心一定會很高興。」我笑著，再度傳了訊息給洛心。

「洛心，阿齊說好哩。」

「啊，謝天謝地，佛祖保佑。」洛心這樣說。

「我就跟妳說他不會有意見的。」

「嘿嘿，是啊，真是受不了他們男生。」

「是啊，真是受不了他們男生。」我笑著這樣打回去。

轉頭看著那個紅著臉看金庸的阿齊。

我開始有點期待作品出來的樣子了。

——〈向日葵〉，完

小 Daisy 雛菊

鬥魚系列原著

著　　者／洛心
發 行 人／黃鎮隆
副總經理／陳君平
總 編 輯／洪琇菁
執行編輯／許晶翎
美術監製／沙雲佩
封面設計／張巖
美術編輯／方品舒
國際版權／黃令歡
企劃宣傳／邱小祐、劉宜蓉
內文排版／謝青秀
文字校對／施亞蒨

國家圖書館出版品預行編目資料

小雛菊 / 洛心著 . -- 1 版 . -- 臺北市 : 尖端, 2018. 08

面；　公分

ISBN 978-957-10-8289-9 (平裝)

857.7　　107011147

出版／城邦文化事業股份有限公司　尖端出版
台北市 104 中山區民生東路二段 141 號 10 樓
電話：(02) 2500-7600　傳真：(02) 2500-2683
讀者服務信箱：7novels@mail2.spp.com.tw
發行／英屬蓋曼群島商家庭傳媒股份有限公司城邦分公司　尖端出版
台北市 104 中山區民生東路二段 141 號 10 樓
電話：(02) 2500-7600　傳真：(02) 2500-1979
劃撥專線：(03) 312-4212
戶名：英屬蓋曼群島商家庭傳媒 (股) 公司城邦分公司
劃撥帳號：50003021
※ 劃撥金額未滿 500 元，請加付掛號郵資 50 元
法律顧問／王子文律師　元禾法律事務所　台北市羅斯福路三段 37 號 15 樓

台灣地區總經銷／中彰投以北（含宜花東）　楨彥有限公司
電話：(02) 8919-3369　　傳真：(02) 8914-5524
雲嘉以南　威信圖書有限公司
(嘉義公司) 電話：0800-028-028　　傳真：(05) 233-3863
(高雄公司) 電話：0800-028-028　　傳真：(07) 373-0087
馬新地區總經銷／城邦（馬新）出版集團 Cite (M) Sdn Bhd
電話：603-9057-8822　　傳真：603-9057-6622
E-mail：cite@cite.com.my
香港地區總經銷／城邦（香港）出版集團 Cite (H.K.) Publishing Group Limited
電話：852-2508-6231　　傳真：852-2578-9337
E-mail：hkcite@biznetvigator.com

版　次／ 2018 年 8 月 1 版 1 刷　Printed in Taiwan
2019 年 5 月 1 版 3 刷